# 氷剣の魔術師が世界を統べる8

## 世界最強の魔術師である少年は、魔術学院に入学する

御子柴奈々



講談社ラノベ文庫

口絵・本文イラスト／梱枝りこ
デザイン／ムシカゴグラフィクス
編集／庄司智

# プロローグ　始祖との邂逅

「フリージア＝ローゼンクロイツ。魔術の祖であるあなたが、まさか直接現れるなんて――」


あまりにも唐突な出会いだったが、俺はそれでもある程度の冷静さは保っていた。

その理由は、俺はどこかで彼とは会うことになる――そんな直感を抱いていたからだ。

中性的な容姿であり、どこか浮世離れしている姿。

まるでそれは、性別など超越しているかのようだった。

存在感が強いわけではないが、俺は不気味な雰囲気を感じ取っていた。

「久しぶり、と言った方が正しいかな？」

「そうですね。あのとき――現実と真理世界（アーカーシャ）の狭間（はざま）で、あなたの存在は感じていました」

今までは薄い笑みを浮かべていた彼は、スッと表情を真面目なものに変える。

「かの極東戦役。あの最後の戦いで、君の兄は真理世界（アーカーシャ）への扉を開きかけていた。私もそれは防ぎたかったが、君がどうにかしてくれた。改めて、感謝を」

「……いえ。自分は当然のことをしたまでです」

表向きは冷静にそう言ったが、胸中（きょうちゅう）に渦巻く感情は確かにあった。

過去との決別とまではいかないが、俺はあの戦争の記憶に向き合うことができるようになっている。

　しかし、やはり……自分の兄の最期についてはまだ思うところがある。

「さて、何から話をしようか」

　フリージア＝ローゼンクロイツは、顎に手を当てて思案する素振りを見せる。

　もっと超常的な人物だと思っていたが、思ったよりも親しみやすそうである。

「あなたが現在まで生きているのは、どうしてでしょうか？」

　俺は気になっていることを尋ねた。

　本題は敢えて、まだ訊かずに。

「魔法の応用さ。といっても、永遠の命ではない。もうそれも限界が近いからね」

「そうでしたか」

　なるほど。魔術も極めれば、延命が可能になるということか。

　ただ俺が本当に訊きたいことは、そんなことではない。

「でも君が訊きたいのは、そんなことじゃないだろう？」

　どうやら、俺の真意などお見通しのようである。

「そうですね。本当に訊きたいのは——どうして自分の前に姿を現したか、ということです」

　彼は間髪容れず、俺の問いに答える。

「君とは一度話をしておくべきと思っていたからさ。私が生み出した、世界のシステムの根幹を担っているのだから。なぜ魔法が淘汰され、魔術が世界に定着することになったのか。君は直感的に理解しているだろうが、改めて説明は必要だと思ってね」

「……」

世界のシステムとは、俺が抑止力であることと七大魔術師のことだろう。

魔法と魔術。その関係性に均衡を保つための存在。

それらは確かに、直感的に理解していた。

しかし、その背景は知らない。

どのような想いがあって、フリージア＝ローゼンクロイツは魔術を生み出したのか。

「抑止力としての力は、絶対に必要だった。そして、その抑止力を支える人物たちも」

ふと、どこか遠くを見据えるような視線を空に向ける。

果たして彼の視線の先には、何が映っているのだろうか。

「世界は巡る。そして、私たちの因縁が現代まで残ってしまっているのは——やはり、私の落ち度のせいだ」

「落ち度……？　現在の世界の姿は正しくはないと？」

「いや、私が目指したところに届きそうではある。しかし、立ちはだかる障害は現代まで残ってしまっている」

彼は苦悶の表情を浮かべる。

いくら後悔してもしきれない、という感情が漏れ出したようでもあった。

「君に伝えよう――魔法と魔術。七大魔術師、抑止力というシステムの存在がどうして生まれたのか」

どうして世界は今の姿になったのか。

どうして魔法は淘汰され、コード理論を用いた魔術が定着することになったのか。

七大魔術師と七賢人（セブンセイジ）。

抑止力というシステム。

全ての因果は巡り、現代まで続いている。

あの極東戦役ですら、まだ通過点でしかないことを俺は知ることになる。

「全ての始まりは、私と――そして弟だった」

フリージア＝ローゼンクロイツはまるで悔いるように、俺にその全てを伝える。

# 第一章　魔術剣士競技大会(マギクス・シュバリエ)、決勝

無事に二年生の一学期も終わりを迎え、ついに今年も魔術剣士競技大会(マギクス・シュバリエ)の時期に突入した。

俺は去年は運営委員として関わっていたが、今年は選手として出場することを決めた。

校内予選を勝ち抜き、無事に本戦出場。

本戦でも順調に勝ち進んでいき、俺はついに——この舞台にまで上り詰めていた。

「この一年、ずっと待っていましたよ」

「自分も戦う時を待っていました」

俺が向かい合っているのは、絶刀の魔術師であるルーカス＝フォルストである。

魔術剣士競技大会(マギクス・シュバリエ)、本戦決勝。

すでに新人選はステラが優勝しており、この本戦決勝で大会も終わることになる。

注目度は去年以上だ。

観客も立ち見が出ているほどで、報道陣もこれでもかと押し寄せている。

「今回の決勝、勝つのは流石(さすが)にルーカス＝フォルストか？」

「いや、しかし――」

「あぁ。彼のここまでの活躍も凄まじいものがある」


去年の覇者であるルーカス＝フォルスト。

昨年、彗星の如く現れ、剣技一つで優勝を果たした彼の人気は凄まじいものである。

一方で俺は、一般人でありながらこの決勝の舞台にたどりついた。

俺たちの対戦カードは、側から見れば異質なものであり、最高潮の盛り上がりを見せている。

「最強はどちらなのか。決めることにしましょう」

「あぁ」


実際、決勝までは辿り着くことができたが、決して楽な道ではなかった。

今年は俺も大会に参加することに決め、周りからは驚かれた。

前評判はそれほど良くなく、どうせ本戦出場も厳しいだろうと言われていたが、俺は難なく校内予選を突破。

無事に魔術剣士競技大会の本戦に進んだ。

今回は特に注目度が高い。

俺が本戦に進んだ件はそれほど注目されることはなく、本命は別の三人だった。

アメリア、アリアーヌ、そしてルーカス＝フォルストだ。

今大会はここ数十年の中でも、最もレベルの高い大会になるだろうと言われていた。

そして、俺は順調に勝ち進んでいき、準決勝でアリアーヌと対戦することになった。

「レイ。ついに来たんですのね」

「あぁ」

「わたくしはレイの事情を知っていますが、この舞台に立っている以上、手加減などしませんわ」

「望むところだ」

互いのことはよく知っている。

去年の大規模魔術戦（マギクス・ウォー）で魔術特性や戦い方などを共有してきたからだ。

俺とアリアーヌは戦闘スタイルが似ている。

だからこそ、この戦いは真正面からの純粋なぶつかり合い。

アリアーヌの性格からしても、小細工を仕掛けてくることはないだろう。

「では——初めから全力でいきますわ‼」

アリアーヌは帯電を始め、試合開始のコールと同時に突撃してきた。

そこから先は、鎬（しのぎ）を削る戦いになった。

一瞬の交錯が幾度となく繰り返される。

アリアーヌは全力で俺に立ち向かう。

才能、努力、環境。

彼女は、あらゆる要素が揃った天才だ。

だが、彼女にはまだ足りないものがある。

それは——経験。

俺との経験の差は、どれだけ努力しても縮めることはできない。

それこそ、過酷な戦場に身を置くような経験をしなければ。

そして——

「終わりだ」

一閃。

俺はアリアーヌの胸の薔薇を縦に切り裂いて、散らした。

決着。

本戦準決勝は俺の勝利で幕を閉じた。

「はぁ……はぁ……流石に、まだ届きませんでしたか」

「いや、いい動きだった。ずっと努力していることが、よく分かる」

「レイにそう言ってもらえるのなら、自信になりますわ。決勝、頑張ってくださいね」

「あぁ」

俺とアリアーヌは握手を交わす。

観客たちのざわめきは止まらない。この戦い、勝つのはアリアーヌだと思われていたからだ。

俺はこれまでの戦いで、特筆すべきような魔術を使っていない。

氷剣（ひょうけん）だけではなく、対物質（アンチマテリアル）コードも。

純粋な剣技と内部（インサイド）コードによる身体強化。

基礎的な魔術のみで、戦っている。

そんな俺が勝ったことは、確かに普通は驚くかもしれない。

それから続いて、アメリア対ルーカス＝フォルストの準決勝が始まった。

俺は観客席でその戦いを見守った。

去年の大規模魔術戦（マギクス・ウォー）で、この二人は戦っている。

その時にアメリアは因果律蝶々（バタフライエフェクト）で彼を足止めし、アメリアは勝利を収めた。

しかしこの大会には、大規模魔術戦（マギクス・ウォー）のような複雑な盤面は存在しない。

俺ならばアメリアの因果律蝶々（バタフライエフェクト）は容易に対応できる。

対物質（アンチマテリアル）コードを使用すれば、蝶々を無効化できるからだ。

ただし、対物質（アンチマテリアル）コードが使えないのならば、苦戦は免れない。

因果律蝶々（バタフライエフェクト）は攻撃ではなく、防御にこそ真価を発揮する。

この大会のルールは胸にある薔薇を散らせば勝利。

つまり、アメリアは因果律蝶々（バタフライエフェクト）を発動させ、防御に使いつつも、相手の胸の薔薇を散らせばいいだけ。

発動できればアメリアの勝ちは確定。

そんなことは、絶刀の魔術師である彼ならば理解している。

ならば取るべき戦法は一つ。


「――第三秘剣、雷煌（らいこう）」


まるで去年の本戦決勝の再現のようだった。

いや、スピードはその時以上か。

アメリアはきっと、ルーカス＝フォルストの姿を捉えきれなかっただろう。

超高速の抜刀術。

気がつけば、アメリアの胸の薔薇は無惨に散らされていた。

アメリアの周りには目的を失っている蝶々が舞い、赤い粒子となって散っていく。

「ありがとうございました」

ルーカス＝フォルストは丁寧に一礼をする。

それは相手のことを心から尊敬しているような所作だった。

そう。アメリアに勝つのならば、因果律蝶々（バタフライエフェクト）を発動させる前に倒してしまえばいい。

シンプルだが、それを実行できるだけの実力を持っている、流石はルーカス＝フォルストと言うべきか。

ふと、彼と視線が合う。

決勝の対戦カードは決まった。

一般人（オーディナリー）である俺、レイ＝ホワイトと去年の覇者であるルーカス＝フォルスト。

そして、俺はついに決勝の舞台に立つのだった。


「それでは——試合開始!!」

ついに本戦決勝が開始となり、互いに激しい剣戟（けんげき）を交わす。

小細工など必要なく、ただ真正面からぶつかり合う俺たち。

このスピードにおいていかれないように、いやむしろ追い越していくように俺はさらに加速していく。

この一瞬が無限にも思えるような感覚。

「なるほど。どうやら、力は衰えていないようで。ではこちらは、秘剣を解放します」

「あぁ。その全てを受けきってみせましょう」

さらに激化していく戦い。一体どれだけの剣を交わしたのか、覚えきれないほどだった。

しかし、その終わりは唐突にやってくる——。

「はぁ……はぁ……はぁ……」

決着。

決勝戦は過去最長の戦いになった。

俺は彼が使う全ての秘剣を受け切って、その上で勝利を収めた。

ルーカス＝フォルストは胸の薔薇が散らされた瞬間、唖然としていたが、今は満足そうな表情をしている。

「……どうやら、届きませんでしたか」

「本当に、本当に素晴らしい剣でした」

握手を交わす。

お世辞ではなく、その剣はある種の究極とも呼べるものだった。

俺が勝てたのは、秘剣の正体を事前にある程度知っていたことが大きい。

過去に師匠に少しだけ教えてもらっていたからな。

それに加えて、彼と俺では明確に違うものがあった。それが今回の勝敗を分けたと言っても過言ではないだろう。

それから、会場は溢れんばかりの拍手に包まれる。

魔術剣士競技大会、本戦決勝は終了した。

今年の優勝者に、レイ＝ホワイトという名を刻んで。

観客たちは興奮して拍手を送ってくれているが、俺は気がついていた。

冰剣や対物質コード（アンチマテリアル）のような核心的な能力は使っていないが——手を抜いたわけではなく、絶刀の魔術師相手には性質的に使う必要がなかった——それでも、俺が冰剣の魔術師ということに勘付いている人たちはいる。

きっと、時間の問題かもしれないな。

そんなことを思いながら決勝の舞台を後にすると、いつものメンバーたちが顔を見せる。

「レイ！　おめでとう！」

「レイさん！　本当にすごかったです」

まず声をかけてくるのは、オリヴィア王女とレベッカ先輩。

二人はとても興奮している様子だった。

その後、アメリア、アリアーヌ、エリサ、クラリス、エヴィ、アルバートも俺の勝利に祝いの言葉を送ってくれる。

それと時を同じくして、大量の記者たちが俺の方になだれ込んでくる。

「勝因は何でしょうか⁉」

「あれだけの剣術、本当に一般人（オーディナリー）なのでしょうか⁉」

「これまで獅子奮迅（ししふんじん）の活躍！　三大貴族の隠し子では？　という声も上がっていますが、どうなのでしょうか？」

「優勝おめでとうございます！　つきましては、独占インタビューをお願いしたいのですが……っ！」

流石にあのルーカス＝フォルストに勝利したというのは、それだけの影響があるということか。

俺がどうやってこの場を切り抜けるか考えていると、この静寂を切り裂くようにして凛(りん)とした声が響き渡る。

「取材は後日。私が立ち会った上で、行いましょう。今は選手を休ませてください。流石にあの決勝の後では、疲労でまともな受け答えはできないでしょう」

アビーさんだった。

本当に彼女にはいつも助けられてばかりである。

しばらくして閉会式が行われた。

「魔術剣士競技大会(マギクス・シュバリエ)、本戦優勝はレイ＝ホワイトだ。おめでとう」

「ありがとうございます」

俺はアビーさんからトロフィーを受け取る。

その隣では——同じようにトロフィーを持ってニコニコと笑っているステラがいた。

「お兄ちゃん！　おめでとう！」

「ありがとう。ステラも、新人戦優勝おめでとう」

「うん！　ありがとう！」

本戦は俺が優勝したが、新人戦はステラの優勝で終わった。

おそらく、この大会に残したインパクトはステラの方が上かもしれない。

一応この大会は、魔術剣士をメインとした大会である。

もちろん、剣を絶対に使う必要はないが、それでもステラのように初めから拳一つで戦うのは稀(まれ)だ。

全ての戦いをその身ひとつで完封したステラは、流石は俺の妹と言ったところか。

今年は去年の死神(グリムリーパー)のような襲撃などもなく、魔術剣士競技大会(マギクス・シュバリエ)は無事に幕を閉じた。


夜は俺とステラが優勝したということで、みんなで祝勝会になった。

俺とステラの優勝を祝って、アビーさんが貸切(かしきり)にした店は大騒ぎだった。

「お兄ちゃんの隣は私ね！」

「あぁ。もちろんだ、ステラ」

ステラはにこにこと微笑(ほほえ)みながら、俺の隣の席に腰掛ける。

その眩(まばゆ)い笑顔は本当に素晴らしい。

まるで荒野に咲く一輪の花のようである。いや、満開に咲き誇る向日葵(ひまわり)と形容した方が正しいか？

「それでは、逆側には私が……」

と、ステラとは逆側に座ろうとするレベッカ先輩だが、そこでオリヴィア王女が声を荒らげる。

「あ！　レベッカ！　レイの隣はボクだよ！」

「いいえ。私ですよ」

「ボクだよ！」

その言い合いは加速していき、さらにアメリアが参戦する。

「では、じゃんけんでどうでしょうか？　これなら文句はないでしょう？」

「まぁ、そうですね」

「絶対に負けないから！」

俺としては誰が隣に来てもいいのだが、女性陣には譲れない何かがあるらしい。

そして、じゃんけんの結果——隣にはアメリアが座ることになった。

「よし。勝ったわ！」

「では私は正面を……」

「ぐぬぬ……ボクって昔から運はないんだよなぁ……」

そんなやりとりをしつつ、俺たちは今回の大会の話に花を咲かせる。

「それにしても、ステラちゃんは凄(すご)かったわね」

アメリアが感慨深そうに呟き、周りもそれに同調する。

「え？　そうかな？」

キョトンとした表情を浮かべるステラは自覚がないらしい。

「だって、全部素手だけで勝ったでしょう？　観戦している側は唖然とする他ないというか」

「ふぅん。お兄ちゃんもそう思った？」

ステラが俺の顔を見上げるようにして窺ってくる。

俺は自分の所感を述べる。

「いや、俺に驚きはなかった。そもそも、ステラに今回の戦い方を勧めたのは俺だからな。ステラは内部コードの扱いに長けている。それに加えて、圧倒的な格闘センス。俺はその強みを活かす方がいいと判断したが、流石に予想以上だったな。決勝もすぐに決着がついたしな。流石は俺の妹だ」

俺が早口でそう言うと、ステラ以外はじっと半眼で俺のことを見ていた。

「えへへ～。お兄ちゃんに褒められると嬉しいな～」

「だが、来年は分からない。なぜなら俺が立ちはだかるからな」

「お兄ちゃんは強いけど、私も負けないよ！」

「あぁ。全力で来るといい」

ステラの頭を優しく撫でる。

「……レイってステラちゃんの前では別人よね」

「ですね。これは要注意でしょうか？」

「ぐ、ぐぬぬ……ボクの入る余地が……」

その後、さらに話題は盛り上がっていくが、俺はちょっと涼みたいと言って外に出た。

すると、そこには師匠がいた。

大人たちも今回の祝勝会には参加していたが、俺たちとは別の席で酒などを楽しんでいたはずだ。

「レイか」

「師匠も涼みに来たのですか」

「キャロルが騒ぎ始めたからな」

「はは。違いありませんね」

ちょうど、アルコールも回ってきた頃だろう。

暴れるキャロルとその対応に追われるアビーさんの構図が、容易に想像できる。

「改めて、優勝おめでとう」

「ありがとうございます」

師匠はとても優しい声音でそう言ってくれた。

今は師匠も学院で教師をしているので会う機会は増えたが、こうして二人きりになるのは久しぶりだった。

「レイ。きっとこれから、忙しくなるな」

師匠はニヤリと笑みを浮かべる。

「やはり、そうでしょうか？」

「当然だろう！　あの決勝での戦いは、学生レベルのものじゃない。派手な魔術戦ではなく、純粋な剣技による戦いだったが、見る者が見れば理解できる戦いだ。ふふ、レイが勝った時の周りの貴族連中の顔は凄かったぞ！　未だにレイのことを認めていない連中は多いからな。ま、私は初めから絶対にレイが勝つと分かってたがな！」

「本当ですか？」

「……いや、ちょっと嘘だ」

流石に師匠もルーカス＝フォルストの実力を軽んじているわけではない。

俺も絶対に勝つという確信はなかった。

「勝因は体力だったな」

「そうですね」

師匠の言う通り、俺の勝因は体力という点に尽きる。

「おそらく、ルーカスは自分と拮抗した人間と戦った経験が少ない。剣術は一級品で、体力も学生レベルではない。だが、レイと比較すれば話は別だ」

「体力は昔、師匠に鍛えていただいたので」

「はっ、はっ、はっ！　そうだろう、そうだろう？　ふふ。レイの師匠である私は偉大だったということだな」

「間違いありません」

長引いたあの戦い。

最後の最後で、ルーカス＝フォルストは動きを鈍らせた。

連発する秘剣によって、流石に彼も疲労を覚えていた。

その一瞬の隙をついて、俺は勝利を勝ち取った。

過言などではなく、師匠の教えによって獲得した勝利だった。

「あぁ。そう言えば、もう夏休みだろう？」

「ですね」

「アビーの発案で、元アストラルのメンバーで旅行に行こうという話になっているんだ。来るだろう？」

俺は即答する。

「もちろんです！」

「ただ、大佐とフロールは来られないらしい。ちょうど二人目の出産と被（かぶ）っているようでな」

そうか。ついに二人目か。

まだちゃんと二人の子どもには会ったことがないので、夏休みに機会があれば会いに行きたいものだ。

「そうですか……残念ですが、おめでたいことです」

「だな。ま、いつものメンバーになるがいいよな？」

「はい。キャロルがいるのは、少し懸念事項になりますが」

「ははは！　アホピンクのことは任せておけ！」

まさか、この言葉がフラグになるとは俺は夢にも思っていなかった。

みんなで行く旅行か。

楽しみだな——この時は、そう思っていた。

◇

ある一室に集まる面々。

円卓に着くと、長い白髪を軽く流しながら一人の男性が口を開く。

「さて、舞台はついに整いつつある。レイ＝ホワイトはほぼ完全に回復したとみて、間違いないだろうね」

「はい。魔術領域暴走（オーバーヒート）は問題ないかと」

彼のそばに控えている女性が淡々と答える。

「おおよそ、あり得ないことだ。彼の魔術領域暴走（オーバーヒート）は、深刻なものだった。それこそ、今後一生まともに魔術を使えないほどには」

「回復力も常人離れしていると？」

「そうだね。彼はただの人間じゃないのだから」

彼はレイのことを冷静に分析している。

いや、厳密に言えば感覚的に理解しているという感じだろうか。

優生機関（ユーゼニクス）の目的は、魔法の世界を復興させること。

フリージア＝ローゼンクロイツが世界に定着させた、魔術という現象を取り除くことである。

ただし、その中心にはレイが据えられている。

優生機関（ユーゼニクス）は待っていた。レイが、その力を取り戻すことを。

魔術を消し去り、魔法の世界を取り戻すためには、真理世界（アーカーシャ）へのアクセスが不可欠。

けれど、そこにアクセスできるのは、世界でレイただ一人。

万全の状態に戻ったレイでなければならないが、すでにその条件はクリアした。

あの魔術剣士競技大会（マギクス・シュバリエ）の決勝を見れば、それは一目瞭然である。

「レイ＝ホワイトだけではなく、七大魔術師たちの実力も申し分ない。真理世界(アーカーシャ)の介入には、全て必要な要素だ。それが徐々に揃いつつある」

「ダークトライアドシステムの研究は続けますか？」

「いや、もういいだろう。あれは結局、求めるものには辿り着けなかった。紆余曲折(うよきょくせつ)あったが、やはり必要な要素は凡庸な人間の脳では足りない」

ダークトライアドシステムは、もともと人為的に魔術領域暴走(オーバーヒート)を引き起こすものである。

そこに真理世界(アーカーシャ)への干渉の道があると考えたが、それは不可能だと悟った。

優生機関(ユーゼニクス)の非人道的な実験は全て、真理世界(アーカーシャ)へ干渉するためのもの。

言い換えるならば、レイの魔術領域暴走(オーバーヒート)が完治するまでの暇つぶし。

そんな感覚で実験をしていた。

しかし今となっては、その必要もない。

レイは力を取り戻し、その周りにいる人間たちも覚醒を起こし始めている。

全てはある一人の人間の意思によって。

「全ての条件は揃いつつあるけれど、兄さんも裏で動いている。十分に注意しなければ」

そう。

そのリーダー格と思われる男の顔は魔術師の祖である——フリージア＝ローゼンクロイ

ツに瓜二つだった。

# 第二章 波乱の幕開け

本格的に夏休みに突入した。

全寮制のこの学院ではほとんどの生徒が実家に帰省しているので、学院の中は閑散としている。

俺も実家に帰省するが、それは夏休みの後半に予定している。

友人たちと遊ぶ計画もあるし、園芸部や環境調査部での合宿もある。

今年の夏休みも充実したものになりそうだな。

そして今日は、二泊三日の旅行に行く日である。

メンバーは師匠、カーラさん、アビーさん、キャロル、俺の五人である。

なんでも、王国ではリゾート地の開発がずっと進んでいて、この夏に正式にオープンしたらしい。

そこにアビーさんが招待されたので、せっかくなのでみんなで行こうというのが、今回の旅行の流れである。

昨夜に荷造りは済ませているので、軽く荷物の確認をしてから集合場所に向かう。

「流石(さすが)に暑いな」

まだ早朝だというのに、太陽は激しく照らしつけている。

きっと日中はさらに気温が上がるに違いない。

熱中症などには、十分に注意しないとな。

集合場所にたどり着くと、そこにはキャロルがすでに待っていた。

「あ！　レイちゃん、おはよ～☆」

「おはよう。キャロル」

「今日もかっこいいね！」

キャロルが俺に向かって飛びついてくるので、頭を押さえる。

「やめろ」

「え～、いけずなんだからぁ……！」

相変わらずの派手な服装である。

まぁ、見慣れているので今更特に思うところはないが。

集合場所に集まった俺たちだが、この後のパターンは決まっている。

十分前ピッタリにやって来るのがアビーさんで、ギリギリにやって来るのが師匠である。

俺とキャロルは適当に話をしながら、残りのみんながやって来るのを待つが——おかしい。

「あれ？　みんな来ないねぇ」

すでに集合時刻になっていたが、まだ俺とキャロルしか来ていない。

「師匠が来ないのは想定内だが、アビーさんもか。珍しいな」

「そうだねぇ。アビーちゃんが遅刻したのなんて、見たことないけど」

珍しいこと、というかあり得ないことである。

師匠はともかく、アビーさんが遅刻……？

何か事件に巻き込まれたか、別に理由があるのか？

ともかく、三十分待ってみようという話になった。

そして、集合時間から二十分が経過した頃、慌てて走って来るカーラさんの姿が見えた。

カーラさん、だけだよな？

俺とキャロルは不思議に思い、顔を見合わせる。

「はぁ……はぁ……す、すみません。遅れてしまって」

「カーラさん。師匠とアビーさんは？」

「実はお二人とも、高熱でベッドから動けないのです。季節性の風邪でしょう」

「風邪ですか。珍しいですね」

「大会の運営などもありましたし、溜まっていた疲労が出たのかもしれません」

「そうですか」

確かにアビーさんだけではなく、師匠も教員として運営に関わっていたからな。

珍しいことだが、風邪ならば仕方がない。

俺たち三人で行くことにするか……と思っていたが、カーラさんは丁寧にその場で頭を下げる。

「すみません。私はお二人の看病がありますので、行くことはできません。一応、治り次第合流したいと思っていますが、現状ではまだ分かりません。ということで、非常に残念ではありますが、レイ様とキャロル様のお二人で楽しんできてくださいと言伝（ことづて）です」

「「え？」」

俺とキャロルの声が重なる。

俺とキャロルが二人きりで旅行？

一瞬、もしかしてキャロルの策略なのか？　と思ったが、そんなことは師匠が許さないだろう。

それに、反応からしてキャロルも心から驚いているようだった。

「それでは私は、これで失礼します。どうか、良き旅を」

カーラさんは再び、慌てた様子で帰ってしまった。

その様子からして、きっと師匠もアビーさんもかなり風邪に苦しんでいるのだろう。

「えっと……その。レイちゃん、行く？」

「まぁ、すでに予約も取ってあるしな。行かないのは、勿体無（もったいな）いだろう」

「だ、だよね～？」

キャロルの様子がおかしい。

俺の予想では、キャロルはもっとはしゃぐと思っていたのだが、動揺しているみたいだ。

まぁ、こんなことになるとは、夢にも思っていなかったからな。

「じゃ、い、行こっか」

「あぁ。そうだな」

俺とキャロルの二人きりの旅行が——始まる。

◇

「あーあ。やっぱ、貴族って大変よねぇ……」

ローズ家の自室で、アメリアは呟く。

天蓋付きの大きなベッドに横になっているアメリアは、夏休みの多忙さに辟易していた。

三大貴族の令嬢であるアメリアは、パーティーなどの出席に追われている。

さらには、ここ最近は婚約の話も出てきている。

その時にアメリアの脳裏に過るのは、レイのことである。

レイの存在は、すでに貴族たちの間では話題になっている。

「うーん。やっぱりでも、他の人たちも気がつき始めているわよねぇ……」

魔術剣士競技大会で優勝。

準決勝では、アリアーヌを撃破している。

さらに特筆すべきは、決勝戦での戦いだろう。

あまりにも速すぎる攻防を理解できた人間は殆どいないが、それでも薄々と感じた者もいる。

レイ＝ホワイトという魔術師は一介の魔術師ではなく、常軌を逸した存在ではないかと。

すでに水面下で、探りを入れている貴族もいるとか。

今まではアメリアはレイの本当の姿を知っていることが、どこか嬉しかった。

でもそれが知れわたるのも、時間の問題になってきた。

仮にレイが氷剣と公表された時、周りはその才能を求めるだろう。

だからこそ、レイと距離を縮めるチャンスはもう残り少ないのかもしれない。

レイのことが好きだという乙女心と、貴族社会の中心で生きる立場の間で、アメリアは葛藤していたのだ。

「さて、と。準備しようかしら」

アメリアは支度を整える。

今日は夕方から、貴族のパーティーに出席する予定だからだ。

そしてアメリアはパーティー会場でレベッカと顔を合わせる。

「あら、アメリアさん」

「レベッカ先輩。どうも」

互いに挨拶を交わす。

「そういえば、リゾートの話は聞きましたか？」

レベッカの話にアメリアは頷く。

「はい。招待されているので行く予定ですが、レベッカ先輩もですよね？」

「ええ。主要な貴族たちは招待されているので。本当は、レイさんと一緒に行きたかったのですが……」

「あぁ、確かレイは別の用事があるとか」

「そうみたいですね。とても丁寧に、お断りされてしまいました」

「レイにも付き合いがありますからね」

「しかし、園芸部の合宿には参加してもらいますけどね？」

レベッカはニコニコと微笑みながら、アメリアにそう言った。

もちろんこれは、牽制である。

——私の方が、レイさんと親しいのですよ？　という意味合いの。

「わ、私だって、一緒に遊びますし！」

「けれど、二人きりではないでしょう？」

「それは……お互い様でしょう？」

「う……」

「自分で言ってて、私も悲しくなってきた……」

ここ最近、レイと二人きりになる機会は減ってきている。

夏休みこそチャンス！　と思ったアメリアとレベッカだが、思ったよりもレイには予定があった。

レイにとってかけがえのない学生生活。それを無理に邪魔するほど、二人は空気が読めない訳ではなかった。

「こほん。ともかく、レイさんのことを譲るつもりはありませんので」

「私もです！」

そして、レベッカはアメリアにだけ聞こえる程度の声量で囁く。

「……最近、貴族たちの動きも活発になってきました。レイさんの正体が明かされる時も近いかもしれません」

「それは――」

アメリアもちょうど考えていたことだった。

あの魔術剣士競技大会の優勝は、それだけ貴族たちに大きな影響を与えていた。

優秀な人間は貴族にとって重要である――それがたとえ、一般人だとしても。

「その件が明らかになれば、今まで通りにはいかないかもしれません。アメリアさんも分かっているでしょう？」

「はい」

「だからこそ、この夏休みは勝負の時なのです！　ということで、お互い頑張りましょうね？」

「もちろんです」

レベッカはアメリアに手を差し伸ばす。

周りの人間は、まさか三大貴族の令嬢がそんな話をしているなど夢にも思っていないだろう。

その時、一人の人物が会話に入ってくる。

「ふぅん。面白そうな話、してるね？」

どこからともなく現れたのは、オリヴィアだった。

王族である彼女もまた、当然このパーティーに呼ばれていたのだ。

「オリヴィア様。ご無沙汰しております」

レベッカは動じることなく、丁寧に挨拶をする。

「……オリヴィア様。どうも」

アメリアも挨拶するが、少し緊張している様子である。

それは王族だからという理由ではなく、オリヴィアにはレベッカと同様の匂いを感じ取っているからである。

この人は決して油断してはいけないという類いのものである。

「うんうん。二人とも、頑張ってるねぇ」

どこか上から目線でそう口にするオリヴィア。

「ふふ。オリヴィア様は、レイさんとはどうなのですか？」

「ボクはもちろん……！」

意気揚々と声を出そうとするが、途端にシュンと顔を俯かせ、肩もがっくりと下がってしまう。

「夏休みはレイといっぱい遊ぶ予定だったのに、忙しいって言われちゃって。リゾート地にだってレイを誘ったのに！」

幸か不幸か、その時レイはアビーに詳細を聞いておらず、ただ予定を空けておいて欲しいと言われていた。

そのような背景もあって、レイはただ用事があって参加できないとレベッカやオリヴィアには伝えている。

「仕方ありませんよ。レイにも他に交友関係がありますし」

「むぅ。まぁ、仕方ないか」

オリヴィアだってそこまで野暮ではない。

レイは学友の他にも交友関係を持っており、それを尊重するだけの器をオリヴィアは持っていた。

「ともかく、二人には負けないからね！」

そう言ってオリヴィアは去っていった。

「嵐のようなお人ですね」

「えぇ。とてもお元気なようで」

そんな三人のやり取りを遠目でチラッと見ていたアリアーヌは、我関せずという感じで食事を楽しんでいた。

アリアーヌはそこまで積極的に、レイを巡る恋の戦いに参戦していない。

というのも、その手のアプローチの知識がないからである。

「わたくしも久しぶりにレイと会いたいですが、きっとそんな機会もあるでしょう」

何となくアリアーヌはそんな直感を抱いていたが、それは後に的中することになる。

四人とも、新開発のリゾート地には招待されているが、レイと予定が被っていることはまだ知らない――。

「あ。クラリスちゃん！」

「エリサ。何だか久しぶりかしら？」

「ふふ。そんなことないよ」

アメリアたちとは異なるパーティーに招待されていた、エリサとクラリス。

クラリスは上流貴族なので当然だが、エリサも最近はエルフの王族としてパーティーに出席する機会が増えていた。

「エリサは地元には帰省するの？」

「うん。一応、その予定だよ」

エルフの国ではいざこざがあったが、それでも関係が悪くなったわけではない。

今までは帰省することはなかったが、この夏はエリサは家族全員で帰る予定である。

「みんなで遊ぶ予定もあるし、楽しみだなぁ」

「でもエリサ。レイのことはどうするのよ」

「う……」

レイへの気持ちを自覚したエリサではあるが、レベッカたちのように積極的には行動できていない。

「だ、だって……みんな凄いし……」

「エリサ！」

「きゃっ！」

クラリスはガッとエリサの肩を摑む。

「行動しないとダメよ！　いつだってチャンスは行動する人にやってくるんだから！」

「う、うん……！　そうだよね？」

「ええ。一応夏休みは会う予定もあるんだし、頑張りなさい。このおっきな胸を使えば、レイだっていけるわよ！」

「ちょ、ちょっとクラリスちゃん！」

クラリスは、エリサの豊満な胸を羨望の眼差しで見つめる。

「むぅ……私だって、いつかは」

「も、もう！　やめてよぉ～！」

二人もまた、リゾート地には招待されているが、果たして進展はあるのだろうか。

◇

「そうか」

「そ、そんなことないよー！　キャロキャロは、いつも通りだよ？」

「心ここに在らず、という感じだが」

「へ⁉　な、何が？」

「キャロル。大丈夫か？」

いつものキャロルよりも大人しいのは間違いないが、一体どうしたのだろうか。

現在俺たちは、二人きりで目的地である新開発のリゾート地に向かっていた。

場所はアーノルド王国の最北端であり、元々は王城跡地などがあった付近である。

その周りにはもう使われていない建造物などもあったが、それを再利用する形でリゾート地にしているとか。

避暑地としても有名な場所であるので、今年から本格的に観光業をスタートさせた、というのが今回の背景らしい。
「……」
ちらっとキャロルの様子を窺う。
普通である。
あまりにも普通過ぎる。
テンションが高いわけでもなく、低いわけでもない。
至って普通にキャロルは歩みを進めている。
ちょうど今は、馬車から降りて徒歩で宿泊するホテルに向かっているところである。
新築ということでパッと見るだけでも、とても綺麗なのが分かるほどだ。
「？　レイちゃん。私の顔に何かついてる？」
「いや、何も」
やはり、おかしい。
いつもキャロルがしてくるスキンシップは、今のところない。
常に警戒しているのだが、その気配もないのだ。
まぁ、大人しいのならばそれに越したことはないのだが。
その後、俺たちは無事に到着。
チェックインを済ませるが、俺たちは同室だった。何でも予想以上に人の入りが多く、
別の部屋が用意できないとのことだった。

「申し訳ございません」

「いえ。問題ありません。キャロルも大丈夫だよな？」

「う、うん」

キャロルは少しだけ歯切れが悪そうな返事をした。心なしか、頬も赤くなっているような……？

俺たちはホテルの一室に案内されたが、明らかにグレードが高い場所だった。

最上階のスイートルーム。

そこが、俺たちが宿泊する場所である。

室内は広々としていて、あまりにも開放的だ。

過去にこれほどの部屋に宿泊した経験はない。

元々、招待されたのはアビーさんということもあって、それなりの部屋が用意されていたということだろう。

「ねぇ見て、レイちゃん！　とっても綺麗だよっ！」

俺が荷物を置いていると、キャロルが嬉しそうな声をあげる。

「ん？　あぁ。海か」

ちょうど俺たちの部屋からは、海が一望できた。

キャロルの元に行って俺も見てみるが、窓からの景色は最高だった。

透き通るような青い海とどこまでも澄み渡っている青空は、本当に美しいものだった。

その際、俺は微かに香ってくるキャロルの香水に違和感を覚えた。

「キャロル。香水、いつものと違うやつか？」

「う、うん。そうだけど、よく気がついたわね」

「お前がいつもべったりと抱きついてくるからだろう。いやでも覚えるさ」

「あ、あははー。そうだよね。あはは……」

作ったような笑顔というか、明らかにいつも通りではないが……。

まぁキャロルと二人きりでも、十分に楽しめるだろう。

最も、キャロルに対して細心の注意は払うつもりであるが。

◇

「「え？」」

まず初めに、リディアちゃんとアビーちゃんが来ないと分かった時の私の感想は、本当に？　というものだった。

信じられなかった。

だって二人とも学生の時から、風邪を引いたことなんてほとんどないのに。

リディアちゃんに至っては、風邪を引いたなんて話を聞いたことがないし、私も知らない。

ここで問題になったのは――レイちゃんと二人で旅行をする、という流れになったことである。

私はいつもレイちゃんに好意を示しているけど、それはやっぱり周りに人がいるというのが大きい。

見られているからこそ、レイちゃんに激しいアプローチをしても誰かが止めてくれるだろうという安心感があったのだ。

でも、二人きり？　本当に？

き、緊張する……っ！

だ、だってレイちゃんはもう大人に近いし、年々かっこ良くなっていくし……っ！

本当はふざけ半分じゃないと、あんなスキンシップはできない。

だからこの旅行は嬉しい気持ち半分と複雑な気持ちが半分あった。

どうしよう。

私、ちゃんとレイちゃんのことを楽しませてあげることができるかな？

だってレイちゃんはみんなとの旅行を楽しみにしていたはず。

私のことは嫌いじゃないだろうけど、いつも邪険にしてくるし……何より、リディアちゃんがいないのはショックじゃないかな？

私だって本当はみんなで旅行がしたかったし……。

「キャロル。大丈夫か？」

「へ⁉ な、何が？」

「心ここに在らず、という感じだが」

「そ、そんなことないよー！ キャロキャロは、いつも通りだよ？」

「そうか」

み、見抜かれてる……。

流石はレイちゃんだ。

と、ともかく！

この旅行は私がお姉さんとして、リードしてあげないと！

でも、問題もあった。

この旅行はおそらく、スケジュールが三大貴族や王族とも被っている。

リディアちゃんたちがいるなら全く気にしていなかったけど、二人きりなら話は違ってくる。

アメリアちゃんやレベッカちゃん、それにオリヴィア様が介入してくる可能性もある。

でも、こんな降って湧いたチャンスをみすみす逃すような私ではない。

だって、レイちゃんと二人きりになるなんて、滅多にないし……っ！

ということで、私は色々と計画を練るのだった。

◇

今日は移動だけで時間をかなり使ったので、外に出ることはなかった。

俺は軽く仮眠を取るために、ベッドで横になっていた。

昨日は夏休みの学院の課題を夜遅くまでしていて、あまり寝ていなかったからだ。

キャロルには俺のことは置いて、外に行ってきてもいいと伝えてある。

そして日も暮れようとしている頃に目を覚ますと、ベッドの隣にはキャロルがいた。

俺は咄嗟に自分に何かされていないか警戒するが、特に何もされていないようだった。

「キャロル。残っていたのか」

「うん。だって、レイちゃんと一緒じゃないと楽しくないもん」

当然のようにそう言うキャロルだが、やはりいつもより落ち着いているな。

それから、俺たちはホテルのレストランでディナーを取ることにした。

何でもこのホテルは一流の料理人を採用しているとか。

キャロルがウェイターに何か耳打ちをすると、俺たちは奥の目立たない席に案内された。

「何を話していたんだ？」

「私って目立つし、レイちゃんももう有名人でしょう？　だからあんまり目立たない方がいいかなーと思って」

「なるほど。気遣い感謝する」

「うん♪」

キャロルもその辺りの気配りができるのか、となぜか感慨深く感じてしまう。まぁ、流石にいつも俺に接しているような感じではないということか。

そんなキャロルはずっとニコニコと笑っている。

よっぽどこの旅行を楽しみにしていたのだろう。

師匠たちも一緒に来ることができればよかったのだが。

コースを注文して、他愛ない話をしている間、キャロルは時折周囲を警戒するような視線を向けていた。

「キャロル。何を警戒している？」

「へ⁉　ま、まぁその……私って有名人だし、あんまりバレちゃうと困るなーと思って」

「そうか」

いつもはそんなことを気にする性質か？

そんなことを考えていると、前菜から料理が次々と運ばれてくる。

「んっ！　美味しいね！」

「だな。これは勉強になる」

「ふふ。勉強になるって、自分で再現するつもりなの？」

「いや、これだけの料理となると一筋縄ではいかないだろう。ただ、後学のために味を覚えておくことは大切だ」

「真面目だねぇ」

「料理はキャロルが教えてくれたからな。その影響さ」

「そうだね。今となっては、懐かしいねぇ」

「あぁ」

過去、俺は師匠たちに世話になったが、その中でも日常生活に必要なことは主にキャロルに教えてもらった。

師匠には生き方を、アビーさんには勉学を教えてもらったが、キャロルには生活というものを教えてもらった。

度々必要以上に接触してくるのは難点だが、キャロルには本当に世話になった。

今こうして、二人きりになるのは本当に久しぶりだった。

それこそ過去を思い出すほどには。

「デザートも美味しいね！」

「あぁ。そうだな」

食後のデザートは新鮮な果物の盛り合わせだった。

流石のクオリティであり、とても瑞々（みずみず）しくて甘かった。甘味料などを使わずにここまで甘いとは、本当にいい果物なのだろう。

「レイちゃん。ちょっと頬についてるよ？」

「む。そうか？」

自分で取ろうとすると、キャロルがスッと手を伸ばしてきて果物の欠片を取ってくれた。

「ふふ。レイちゃんが小さい頃はよくこうしたよねぇ。覚えてる？」

「覚えているが、あまり思い出したい記憶ではない」

「あー！　ちょっと赤くなってる？」

「なってない」

「嘘だー！」

キャロルはニコニコと微笑みながら、俺の顔を覗き込んでくる。

実際のところ、俺は微かに赤面していた。

自分の幼い頃の記憶、特に世話になった時代のものは正直恥ずかしいものがあるからだ。


ディナーを終えた俺たちは、自室に戻ってシャワーを浴びることに。

けれど、キャロルはどうしても俺に先に入って欲しいと言う。

こればかりは流石の俺も、その魂胆を理解する。

「キャロル。お前、俺が入っている間に突撃してくるつもりだろう」

「そんなことはしないけど、その……」

妙に歯切れが悪い。

ボソボソと呟くキャロルに、俺がはっきりと言えと詰め寄ると、キャロルは少しだけ声量を上げる。

「だ、だって先に入るのは恥ずかしいんだもん……私の使った後に、レイちゃんが入るっていうのは……」

「……」

演技では、ないな。

というか、本当にどうした？

いつものキャロルではない。

むしろ、俺の知っているキャロルではないというか。

俺と二人きりということが、そんなに影響しているのか。

分からない。

師匠やアビーさんのいる前では、いつも激しいアプローチをしてくる。

そして、それに対して師匠が怒る。

つまり、怒ってくる師匠がいないのならば、チャンスなのではないのか？

自意識過剰かもしれないが、今までの言動を冷静に分析するならば、そのような結論に至るのは至極当然だと思った。

ただあくまでそれは、論理的な思考に過ぎない。

キャロルの内面までは推し量ることはできないので、真実は不明なままだ。

ともかく、これ以上追及しても仕方がないな。

「詰め寄ってすまなかった。では、俺は先に入る」

「うん。ありがとう、レイちゃん」

シャワーを互いに浴びて、就寝する時間になった。

ベッドは二つ並んでいる。

俺はすぐにベッドに入るが、キャロルも同様に隣のベッドに入る。

特に襲ってくるような様子はない。

「すぅ……すぅ……」

気がつけば、キャロルの寝息が聞こえてきた。

すっかり毒気が抜かれてしまうが、平和な旅行ならば俺としても望むところではある。

ただやはり、少しだけ心配だな。

キャロルはどうしてしまったのだろうか。

もしかして、俺が気を遣わせてしまっているのか?

そんなことを考えながら、俺は眠りにつくのだった。

◇

キャロル＝キャロライン。
昔の私は、引っ込み思案だった。
というよりも、一人でいることが好きだった。
人とコミュニケーションを取るよりも、本を読んでいた方が楽しい。
勉強をしていた方が楽しい。
それに、私は同じ世代の人間よりも全てにおいて優れていた。
ただし、当時の私はそんなことはどうでも良かった。
ただただ、この世界の美しさに感動していた。
全てが新鮮で、煌びやかに見える。
引っ込み思案というよりは、厳密に言えば一人でいることで世界が完結していた。
きっと私は世界の全てを理解するために生まれてきたんだ。
そんな傲慢なことを、子どもながらに思っていた。
私は才能があった。勉学、運動など全てにおいて圧倒的な成績を収める。
その中でも一番突出していたのは、魔術の才能だ。
五歳にしてコード理論の基礎を習得。
そして、年齢を重ねるにつれて上級魔術も習得できるようになった。

アーノルド魔術学院の初等部高学年になった時、私はすでにいくつかの聖級魔術も使えるようになっていた。

うん。

このままきっと、私は七大魔術師になる。

それは予感ではなく確信。

その一方で、私は孤独感を徐々に覚えていた。

魔術を探究する時間は面白い。

面白いけど、一人だった。

もう私を褒めてくれる人間はいない。

むしろ、異様に魔術にのめり込んでいく私は敬遠されていた。

そして中等部に入学した時、運命の出会いを果たす。

アビー＝ガーネット。

百年に一人の天才と呼ばれている人らしく、私なんかよりもずっと有名だった。なんでもカリスマ性がすごいとか。

私は思い切って、話しかけてみることにした。

「ねぇ、あなたって天才なの？」

じっと値踏みするような視線を送る。

「ん？　お前は確か、キャロル＝キャロラインだな」

燃えるようなオレンジ色の髪をしていて、それを短く切り揃えている。

口調も態度もあんまり女の子みたいじゃない。

どちらかといえば、クールでカッコいい人だった。

そして彼女は、スッとこの空気を切り裂くように言葉を発した。

「私が天才かどうか、か。それを決めるのは、他者であり歴史だ。それに天才なんてものは、結局は相対的な評価であり、時代と共に変化する。そんな不確定なものに、私はあまり興味はないな。常に自分の価値は、自分で決めるさ。ということで、天才かどうかという質問には、分からないと答えておこう。ま、勝手に決めてくれ」

「……へ？」

という声が漏れるほどには、驚いた。

同世代の人間なんて、みんな子ども。

そんな中、大人よりも大人っぽい発言をする彼女に惹かれた。

初めて友達になれそう。

そう思った。

「ただ――」

アビーちゃんは言葉を続ける。

その瞳はまるで何かに憧れているかのようだった。

「やはり歴史の中には、例外というものが存在する。仮に現代で天才は誰か、と聞かれたら私はこう答えるだろう」

まるで独り言のように、彼女は言った。

「リディア＝エインズワース。彼女こそが、真の天才だ」

うん。

知らない。

誰それ？　というより、私はあまりにも周りのことを知らな過ぎた。

アビーちゃんの話だって、噂(うわさ)で聞いた程度だったから。

「え。誰それ」

「知らないのか？」

「うん」

「じゃあ、会いにいこう。見れば分かるさ」

そして私は、早速アビーちゃんと二人でリディアちゃんに会いにいくことにした。

クラスは離れていたが、リディアちゃんの姿は一目で分かった。

「はっはっはっ！」

みんなの中心で高らかに笑っている女子生徒。長い金色の髪は、他の生徒よりも輝いてみえた。

カリスマ性があるのは、私でも分かった。

「ねぇ、あなたって天才なの？」

単刀直入に尋ねる。

周りの目など気にせずに。私は、どう答えるのか楽しみにしていた。

あのアビーちゃんが認めるほどの天才だ。

きっと、私が想像しないようなすごい答えを出すに違いない。

「天才？　あぁ！　私がそうだ！　稀代の天才魔術師、リディア＝エインズワースとは私のこと！　魔術の歴史はこれから、分かたれる。つまり、私の前と私の後って感じでな！」

「え……？」

確かに予想外の回答。

でもそれは、あまりにも突飛すぎて……。

自分が歴史の中心になる。

歴史が自分以前と、自分以後になる？

そんな発想、私にはなかった。

だってそれじゃあ、魔術の歴史の中でも史上最高の天才って意味じゃ……。

その後、私はリディアちゃんの天才っぷりを嫌と言うほど知ることになる。

勉学、運動、魔術。

全てにおいてトップ。

二位争いを私とアビーちゃんでしているだけ。
リディア＝エインズワースという天才は、確かに歴史を分断するだけの才能がある。
決して傲慢でもなく、ただ彼女は事実を言っていただけ。
そっか。
私はショックを受けたが、逆に安心もしていた。
うん。世界の真理探究をするのは、私でなくてもいい。
それに私たちは友達になった。
微かに覚えていた孤独感も無くなっていた。
そうだ。もう、勝手に思い込んでいた使命に沿って生きる必要はない。
ならもっと、自分らしく生きてみよう。
自分の使命がなくなった私が辿り着いたのは——。

◇

「レイ＝ホワイトは満ちつつある。私が行こう」

優生機関（ユーゼニクス）の幹部会議。

そこで優生機関(ユーゼニクス)のリーダーである、ライナス＝ローゼンクロイツが口を開いた。

実際のところ、ビアンカの脱落は幹部メンバーたちに少なからずショックを与えていた。

ビアンカは幹部の中でも突出しており、その実力は折り紙付き。

しかし、レイ＝ホワイトに敗れてしまった。

そんな中どのような動きをするのか、と周りの人間が思っていた矢先の発言であった。

周りの人間たちはまさかリーダーである彼が出向くとは思っていなかったので、動揺が走っている。

「ほ、本当によろしいのですか？」

「あぁ。構わないよ。直接レイ＝ホワイトのことは見ておきたい。今後のためにもね。エマ、リゾート地の情報は？」

「こちらに」

ライナスの背後に立っていたエマと呼ばれるメイドは、資料を渡す。

すでにレイたちがリゾート地へ旅行に行くことは、情報として共有されていた。

「なるほど。これだけの面々。王族に三大貴族、さらには七大魔術師も二人か」

「警備体制もそれなりのものになっています。どうしますか？」

「問題ない。それに、せっかく久しぶりに表舞台に立つんだ。大胆にいくことにするよ」

「承知しました」

その明晰(めいせき)な頭脳を使って、ライナスは計画を考える。

今回の目的は、まだ核心的なものではない。

けれど、レイが真理世界を開けるに相応しい状態なのか、確かめる必要がある。

王族、三大貴族、七大魔術師。

それぞれが揃っている状況は、なかなか巡ってこない。

レイを含めて現状を実際に確認するには、ちょうどいい機会だった。

「魔法と魔術。本来は同一であったものが分断され、世界は平和を保っている。が、それはまやかしでしかない。世界はもっと混沌としていて、超常に満ちているべきだ。私は世界を元に戻す。兄の思惑で歪になってしまった世界を、正しい形に」

ライナスの目には確かな使命感のようなものが宿っていた。

彼の言葉に悪意などなかった。

純粋なまでの善意。

ただし彼にとって世界の正常な状態こそが、全てにおいて優先される。

たとえ人間を殺すことになったとしても、それは悪意ではなく世界を元に戻すという善意の下になされる。

手段など彼にとって、些細なものでしかないからだ。

根本的に普通の人間とは異なる価値観を持ち、彼にとっては正常な世界こそが全てに勝るのである。

その執着心を止めることは、もう誰にもできない。

「はい。お供いたします」

恭しく丁寧に頭を下げるメイドのエマ。

他の幹部たちも、深くライナスの発言に同意を示す。

優生機関（ユーゼニクス）はついに、表舞台に本格的に姿を現す――。

# 第三章 乙女たちの駆け引き

深夜。

俺はふと、軽く目が覚めてしまう。

隣ではキャロルが寝息を立てている。

じっと天井を見つめる。

どうして深夜に目が覚めてしまったのか、その理由は明確だった。

レベッカ先輩の時もそうだったが、俺の聖人（クロイツ）としての能力に同調というものがある。

そして俺は、フリージア＝ローゼンクロイツとの邂逅（かいこう）の際の同調を思い出す。


「全ての始まりは、私と——そして弟だった」


フリージア＝ローゼンクロイツは俺に自身の過去を語った。

そのことが常に脳内に巡っている。

「過去、魔術が台頭する前の時代。その世界は魔法という超常を扱える人間があまりにも多かった。魔法という技術は私たち人間にとって、もはや当然の如（ごと）く存在しているものであった」

「それは――歴史には存在しない過去、ということですか？」

「あぁ。現在の教育において本当の過去は教えられてはいないし、今となっては知っているのは私と弟であるライナスのみだ」

「なるほど……」

　俺は黙って彼の話に耳を傾ける。

「もちろん、当時から現在の魔術学院のような教育機関は存在した。私とライナスは魔法学院に入学した当時は、平凡な人間だった」

「それは俄には信じ難いですね」

　魔術を生み出した祖である、フリージア＝ローゼンクロイツは歴史上最高の天才である。

　そう言い伝えられているが、すぐに才能が開花したわけではないということか。

「早いか遅いか。違いはたったそれだけさ。そして、中等部に上がった時、私たちの魔法の才能は開花した」

　そこからの話は、現代魔術では理解の出来ない話であった。

　コード理論を用いるわけでもなく、ただの心的イメージが直接世界に反映されてしまう。

　彼は感覚的に理解できたのだという。

　魔法にできることに限界など存在しないと。

ただ同時に理解してしまった。

際限のない超常的な現状がたどり着く未来は——決して華やかなものではないということを。

「ここから先は、直接見せたほうが早いだろう」

スッと指先を俺の額につける。

そして、彼の記憶が実際の俺の脳内に流れ込んでくる。


「ライナス！　分かっているのか！　いや、お前はもう分かっているだろう！　魔法を極めた先に待っているのは破滅でしかないということを！」

少しだけ離れた位置から二人のその様子を見ているような感覚だった。

俺は気がつく。おそらくそこは、魔法学院と呼ばれる場所だったのだろう。

「兄さんこそ分かっていないのか？　世界はこのままいけば——さらに素晴らしい状態になる。魔法は追究しなければならない」

「世界と人間。優先すべきはどちらなのか。答えは明白だろう！」

「答え？　あぁ。明白さ。優先すべきは人間などではなく——世界さ」

袂（たもと）は分かたれた。

二人はともに世界最高峰の魔法使いになった。

兄であるフリージアはその才能を還元すべく、魔法学院の責任者となり、魔法使いの教育をしていた。

その中で、彼は確信してしまった。

このまま魔法の研究を続けていけば——待っているのは破滅であると。

魔法という超常はあまりにも万能であり、危険である。

ここ数年、魔法による犯罪も増加してきている。

それに対応するべく、犯罪を取り締まる魔法使いの実力もそれ相応のものを必要とする。

そのような背景、他にも複合的な要素が絡まり合い、人類の魔法の技術は臨界点を超えようとしていた。

そして、その臨界点の先に待っているのは——混沌と化した世界である。

秩序も倫理も意味はなく、本能のままに魔法を使う、制御なき世界。

フリージアがそれを止めるべく、新しい技術である魔術を生み出そうとしていた矢先に、弟であるライナスの襲撃があったのだ。

「ライナス……これ以上の蛮行は、許しはしない」

「兄さん。残念だよ」

一触即発。互いに臨戦態勢に入る。

最後にフリージアは、ライナスに語りかける。

「私は人々を守る。それがこの才能の使い道だ」

その言葉に対して、弟であるライナスは声を上げる。

「ふ。あぁ！　そうだ！　分かっていたよ。兄さんの目はいつだって慈愛に満ちていた。学生時代だって、いつも兄さんの周りには人々が集まる。笑顔が集まる。あなたは世界だけではなく、人に愛された人。けれど、俺は違った。俺が目指す世界に人間は必要ない。魔法の真髄、世界の理を暴く。それこそが、自分の使命なのだから——」

互いに魔法を発動する。

「兄さん。もう、言葉は必要ないだろう」

「あぁ。ライナス。覚悟するといい」

「世界最高の魔法使い。さぁ、兄さん！　その真髄を見せてくれ！」

戦いは死闘になった。

互いに魔法を極めた存在であり、周囲には多大な被害が出ることになった。

地面は陥没し、建物なども完全に倒壊し、この場は完全に荒野と化していた。

その中央で血を流している存在があった。

「はぁ……はぁ……はぁ……」

「……ごほっ」

立っているのはフリージアだった。

一方のライナスは仰向けになって、地面に倒れている。

ライナスの胸には大きな穴が空き、流れ出る血液は止まることはない。

もう、長くないことはお互いに理解していた。

「ライナス……どうして、どうしてこんなことになってしまったんだ……」

フリージアは涙を流す。

彼だって、実の弟を手になどかけたくはなかった。

こんな戦いなどしたくはなかった。

けれど、そうしなければ——世界は破滅に向かってしまう。

「ふ、ふふ」

「ライナス。どうして笑っている？」

勝者であるフリージアは慟哭しているが、敗者であるライナスは笑っていた。

まるで全てが満たされたかのように。

「兄さん。やはり、俺たちは兄弟だった」

「どういう意味だ？」

「兄さんは大多数の人間か、弟かという選択で人間たちを選んだ。両方を都合よく救おうという、都合の良い善意に満ちた選択をしなかった」

「それは……」

最後まで説得できるのならば、していたが……フリージアはそれが不可能だと分かっていた。

彼だってライナスの言い分が理解できないわけではなかったから。

「そうだ。いつだって、全てを救うことなどできない。人間という生き物は、生きるにつれて何かを少しずつ削っていかないといけない。自分の限界というものは、世界の限界なのだから……」

まるで言い聞かせるように、ライナスは最期の言葉を紡ぐ。

「ライナス……」

「でも、それが兄さんの甘さであり、弱さでもある」

瞬間。

ライナスの周囲を切り抜くようにして地面にヒビが入っていき、崩壊。

ライナスは奈落の底に落ちていきながら、不敵な笑みを浮かべた。

「さようなら、兄さん。これは始まり。俺は絶対に——また戻ってくるよ」

「ライナス!!」

フリージアは必死に手を伸ばすが、その手は虚しくも虚空を掴むだけであった。

「見えたかな?」

「はい」

俺の意識が戻ってくる。

そうか。この人も俺と同じような経験をしていたのか。

「そして私は、魔術という技術を世界に定着させた。コード理論を用いて使用される魔術は、さらに人々の間に浸透していった。しかし、決して一線は超えることのないように。魔法の利便性は残しつつも、決して過度な技術になることはない。けれど——やはり、因果は巡るものだね」

彼はとても悲しそうな表情を浮かべる。

その瞳は深い闇に染まっているようだった。

「なるほど。もしかして、それは自分と兄のことでしょうか？」

「あぁ。魔法使いの末裔（まつえい）たる血族がいることは承知していたが、同じ運命を辿（たど）ることになるとは」

兄弟の因縁。きっとそれは、運命的なものなのかもしれない。

才能は互いに引き継がれるが、その思想は全く異なるものに発展していく。

才能の使い道は悲劇を生むのか、それとも……。

「私は世界の安定を見守るために、魔法によって命を長らえさせていた。世界との契約により、抑止力を中心として七大魔術師の存在を世に定着させることにした。全ては、安寧の世界をもたらすために」

そうか。

やはり、そういうことだったのか。

全てはフリージア＝ローゼンクロイツが世界を安定させるために残したものだったのだ。

「けれど、極東戦役という悲劇が起こってしまった。そして私は知る。死んだと思っていた弟が、その裏で暗躍していたことを」

彼はさらに言葉を続ける——。

◇

「……あれ？」

私は目を覚ましたけど、何か違和感を覚えた。

それは魔術的な感覚などではなく、また別の——それこそ、あの極東戦役で感じ取ったような感覚だった。

いや、思い返して見れば、その違和感は極東戦役のもっと前の学生時代にもあったような気がする。

ま、気のせいだよね。だってこの場所で、そんなことが起きるはずもないし。

ともかく、今日の予定を確認しないと。

目下の課題はレイちゃんと二人きりでいること。

まだちょっと緊張してるけど、このチャンスは絶対に逃さない。

すでにオリヴィア王女や貴族の令嬢たちも、このホテルに滞在している。

そのことは私だけが知っているアドバンテージ。

レイちゃんにチラッと話を聞いたけど、今回の旅行の日程などは誰にも話していないらしい。

だからこそ、バレるわけにはいかない。

特にレベッカちゃんとオリヴィア様には要注意！

この二人はレイちゃんに対する執念が凄まじいし、何よりも頭がキレる。

私の計画だって、完璧じゃない。

どこかで綻びが生まれるかもしれないけど、できるだけ長い時間をレイちゃんと共有したいと思ってる。

基本的に王族や貴族たちは、日中それほど自由時間はない。

挨拶回りや定期的に開かれるパーティーなどで多忙だからだ。

会う可能性はあまりないとは思うけど……。

「……」

眠っているレイちゃんの顔を見つめる。

本当に大きくなったね。

過去を思い出す。
一緒に過ごした楽しかった日々、そして共に戦った悲しい過去。
願わくば、この先もずっとレイちゃんが幸せでありますように。
うん。
準備も色々とできたし、ちょっとシャワーでも浴びようかな。

◇

早朝。目を覚ます。
目を開くと、いつもと違う天井が視界に移る。
そうか。
今は旅行中だったな。
キャロルと二人きりという状況は、非常に珍しいシチュエーションではあるが。
「シャワーでも浴びるか」
夜に済ませてはいるが、夏場は朝も浴びることにしている。
俺はまだ覚醒したばかりで、明瞭な思考ができているわけではない。

そう。

今キャロルがシャワーを使っているという可能性を俺は完全に失念していた。

「「あ」」

声が重なる。

シャワールームの扉を開けると、ちょうどシャワーを浴び終わったキャロルが立っていた。

ボリュームのある胸に、長く伸びる四肢。特筆すべきは、やはりそのバランスだろう。

モデルの仕事もこなしているキャロルは、尋常ではない美しさをしていた。

露出の多い服を普段は着ているが、それでも気がつかなかった。

加えて、全体的に濡(ぬ)れている姿は非常に扇情的である。

普段キャロルのアプローチをものともしない俺だが、流石(さすが)にこれは動揺してしまう。

「きゃっ……！」

咄嗟(とっさ)にキャロルは自分の局部などを手で隠す。

俺もまた自分のしてしまったことで顔が青ざめる。

「し、失礼した……」

動揺しながらも、俺はパタンと扉を閉じる。

しばらくしてから、顔を赤くしたキャロルが出てくる。

「レイちゃんのえっち……」

じっと俺のことを睨(にら)んでくるキャロル。

これぱかりは素直に謝罪するしかなかった。

「すまない……」

「ま、事故だし仕方ないけど、今後は気をつけてよね？」

「あぁ」

まさかキャロルにそんなことを言われるとは。

そんな日が来るとは、夢にも思っていなかった。

この旅行中のキャロルは、まるで常識人のようである。

その後、俺もまたシャワーを浴びると、二人で今日の予定について確認をする。

「今日はどうするんだ？」

キャロルが「予定は私に任せて！」というので、基本的には任せきりにしている。

今のキャロルならば、それほど警戒する必要もないしな。

「えっとねぇ～、今日はまず海水浴に行きます！」

「おぉ。それはいいな」

海水浴か。

水着もちゃんと持ってきているし、遠泳ができるな。

軽く数キロほど泳いでみるか。

「夜は夏祭りに行きます！」

「夏祭り？　祭りが開かれるのか」

「うん！　楽しみだね？」

「そうだな」

俺たちは早速、海へと繰り出していく。

それほど人は多くなく、まだ割と閑散としている。

俺はすぐに更衣室で水着に着替えて、キャロルのことを待つ。

女性の着替えが時間がかかることは承知している。

「ねぇ、あれって」

「やっぱりそうだよね？」

「うん」

ヒソヒソと俺を見ながら話す人たち。

おそらくは、魔術剣士競技大会(マギクス・シュバリエ)を観戦していたのだろう。

キャロルたちほどではないが、俺も多少なりとも世間に認知されるようになっていると
いうことか。

「お待たせ」

キャロルがやってきた。

髪をアップにして、真っ黒なビキニを身につけている。

溢(あふ)れんばかりの胸がかなり目立つが、キャロルは特に恥ずかしがっている様子もない。

この辺りはいつも通りということか。

ともかく、非常に似合っているのは間違いない。

「似合うかな？」

「あぁ。よく似合っている」

「ふふ。ありがとう、レイちゃん」

笑みを浮かべる。

なんというか……今回の旅行のキャロルは、心なしか清楚に見えるな。

いつもとのギャップで、なおさらそれを感じる。

「よし。遠泳でもするか。まずは十キロでもいくか？」

「レイちゃん……」

心底呆れたような瞳。

俺はキャロルにそんな目を向けられるのは、初めてだった。

「どうしたキャロル。早く行こう」

「ねぇ、私の水着でそんなに泳げると思う？」

「む……確かに」

キャロルの水着は競泳用ではない。

デザインに特化したもので、十キロは流石にきついかもしれないな。

「じゃあ、半分の五キロにするか？」

「もう、レイちゃんのばか！」

「いてっ！」

キャロルは唐突に、俺の頭にチョップを叩き込んできた。

その動きは予想していなかったので、モロに頭に喰らってしまう。

「レイちゃん」

「な、なんだ？」

心なしか、怒っているようにも見える。

なぜだ？

海といえば、遠泳だろう。

師匠とは昔からずっとそうしていたし、きっとこの場に師匠がいれば同じことを言っていただろう。

「仮に女の子とデートする時、遠泳はダメです」

「何？　では、何をするんだ」

「普通に遊びます。ということで、これを使うよ」

「ボール？」

キャロルは後ろからビーチバレー用のボールを取り出した。

「なるほど。遠泳ではなく、ビーチバレーのようなスポーツの方が女性に好まれるということだな」

「うーん。ちょっと違うけど、まぁいいや。じゃ、移動しよ」

「ん？　別に人も多くないし、ここでもいいだろう」

少しだけ間を空けて、キャロルはまるで用意したかのような答えを述べる。

「……ほら、私って有名人だからさ」

「それもそうか」

特に疑問に思うことなく、俺たちは人目につかない場所に移動する。

今日もいい天気で、照らしつける太陽が気持ちいいほどだ。

「ということで、ここをキャンプ地とします！」

「キャンプするのか？」

「いやしないけど、なんとなく言いたくって。あはは～」

キャロルは笑いながら、砂浜にパラソルを立てたり、レジャーシートを敷いたりと準備を始めた。

手伝おうかと思ったが、あまりにもテキパキとしているので、その余地はなかった。

「はい。レイちゃん」

「これは？」

渡されたボトル。その中には、白濁している液体が入っていた。

「日焼け止め塗って欲しいの。特に背中とか、自分じゃ届かないし。日焼けは乙女の大敵なんだよ」

「そうなのか？　師匠はそんなものを塗っていた覚えはないが」

「リディアちゃんは例外！　はい。お願いね？」

「あぁ」

そうか。

師匠は色々と特別だからな。

俺はシートにうつ伏せになるキャロルに、日焼け止めを塗る。

まず手に軽く出して、すぐにキャロルの背中に触れるが……。

「きゃっ！」

「どうした？」

「レイちゃん、ちゃんと手で軽く温めてから塗って」

「なるほど。勉強になる」

「うんうん。女の子の扱いは、しっかりと覚えないとね」

ここで、「いや、お前はもう女の子という年齢ではないだろう」というのは野暮である。

流石に俺も自覚している。

仮に師匠に言った時は、俺の命はないかもしれない。

俺は自分の手で軽く日焼け止めを温めると、キャロルの背中にそれを広げていく。

「んっ、んっ」

「……」

俺は一心不乱に日焼け止めをキャロルの背中に塗る。

なるほど。

少しはコツが摑めてきたぞ。

全く新しい経験だが、これも勉強になるな。

「あんっ！　ちょ、ちょっとレイちゃん⁉」

「ん？　どうした」

「も、もう大丈夫だから」

「そうか？」

「う、うん」

なぜかキャロルは顔を赤くして、呼吸を乱していた。

その理由は不明だが、まぁキャロルが大丈夫というのならば、これ以上は塗っても仕方がない。

俺はキャロルにボトルを返却すると、早速ビーチバレーの準備をする。

入念に準備体操をして、キャロルとの勝負に備える。

「……レイちゃん」

再び、キャロルが俺のことを冷たい目で見つめてくる。

「どうした？」

「本気でやらないでよね」

「何？　俺とキャロルで勝負するんじゃないのか？」

「はぁ……これは帰ったら、リディアちゃんにはお説教だね」

「？」

俺がいまいちピンときていない中、キャロルはその理由を説明してくれる。

「あのね。遊ぶ時、常に勝負とか、常に全力とかじゃなくてもいいんだよ。もっと昔に教えてあげたらよかったけど……」

「本気を出さないのか。ならばどうするんだ？」

「軽く体を動かす程度でいいんだよ」

「なるほど。そういうものか」

「はい。レイちゃん」

キャロルが軽くポンとボールをトスしてくる。

俺もまた、それを軽く返す。

「なんだかレイちゃんとこうするのは、初めてだよね」

「そうだな。基本的には、師匠が相手をしてくれていたからな」

互いに会話をしながら、ビーチバレーを楽しむ。確かに、競うのではなくコミュニケーションとしてスポーツを楽しむという手もあるのか。

勉強になるな。

「レイちゃん。泳ぐの教えてくれる？」

「キャロルは苦手だったか？」

キャロルが水泳が苦手、という記憶はない。しかし、確かに軍人時代はキャロルが泳いでいる姿を見たことはないな。

「うん。せっかくだし、教えてくれる？」

「あぁ。任せておけ」

俺たちは海に入って、キャロルの手を取る。

「まずはバタ足からだな」

「う、うん……」

少し緊張している様子である。話を聞くと、全く泳げないわけではないが、かなり苦手としているとか。

軍人時代もこの手の訓練だけは、ダメだったと聞いた。

「よし、いい調子だ。手を離すぞ」

「うん」

手を離すとキャロルはスムーズに泳ぎ始めた、かのように見えた。

けれど、徐々にその体が沈んでいく。

「おい！　大丈夫か⁉」

「ゴボボボ……」

必死にもがいているキャロル。

俺はすぐにキャロルの体を支えて、体を海面上に引き上げる。

キャロルの水着はデザインに特化しているものなので、激しい動きに弱い。

気がつけば、上半身が脱げてしまっていた。

「こほっ、こほっ」

「大丈夫か。キャロル」

「あはは。まだちょっと早かったみたいって……あ」

キャロルは自分の胸が晒されていることに気がついた。

俺はすでに顔を背けていた。

「あはは……ご、ごめんねぇ」

キャロルは初々しい反応を見せながら、すぐに水着を付け直した。

その後、キャロルは疲れたらしく、日陰で少しだけ仮眠を取りたいと言った。

「レイちゃんは遠泳したいでしょう？　いいよ」

「いいのか？」

「うん。ここ、誰も来ないだろうし。もし誰か来ても大丈夫だよ」

「それなら、お言葉に甘えることにしよう」

俺は元々楽しみにしていた、遠泳に繰り出すことにする。

さて、軽く十キロほどは泳いでみるか。

軽く見た感じにはなるが、ここの海は強い潮流はなく、非常に泳ぎやすそうだ。

海水も綺麗で透き通っており、改めて本当に素晴らしい場所だな。

そして、しばらく泳いでいると、俺と同じように遠泳をしている人がいるようだった。

女性だよな。

その姿をどこかで見たことがあるような気がした。

それから徐々に距離が近くなると、それはまさかの——アリアーヌだった。

「レイ？」

「アリアーヌ？」

互いの声が重なり、俺たちはしばらく啞然とするのだった。

◇

レイとキャロルがホテルにチェックインした翌日、三大貴族、王族であるオリヴィアたちもこのホテルにやって来ていた。

また、エルフの王族であるエリサなども今回は招待されている。

「よし。泳ぎましょう」

意気揚々と声を発するのはアリアーヌだった。

ホテルにチェックインしたアリアーヌは、早速泳ぐことにした。

事前情報からここの海は潮流が穏やかで、泳ぎやすいことは知っていた。

パーティーまでは時間があり、妹のティアナは疲れて眠っている。

タイミングとしては、今がベストだった。

「えーっと、水着は……」

アリアーヌは競泳用の水着を持ってきていた。

もちろん、デザイン重視のビキニも持参しているが、遠泳をしたいということで競泳用のものを選択。

更衣室で着替えると、アリアーヌは早速海に潜る。

「ふぅ。気持ちいいですわねぇ」

この夏の日差しも相まって、海の冷たさは心地よいものだった。

さらに、どこまでも澄んでいるこの海は、純粋に綺麗だとアリアーヌは思った。

「さて、どれくらい泳ぎましょうか」

アリアーヌはまず、三キロ程度泳ぐことに決めた。

黙々と一人で泳いでいると、アリアーヌはもう一人泳いでいる人間を見つけた。

(珍しいですわね。それにしても、とても綺麗なフォームで……それに速いですわ)

遠目でも見惚(みと)れてしまうくらいには、卓越した水泳技術だった。

そんな人物がいるなんて夢にも思っていなかったので、アリアーヌはしばらく呆然(ぼうぜん)とその姿を見つめるが……徐々に既視感を覚え始める。

「ん？　あれは……」

距離が近くなっていき、アリアーヌは気がつく。

あれは——レイだと。

「レイ？」

「アリアーヌ？」

運命の悪戯か、アリアーヌは偶然レイとバッタリと出くわすのだった。

◇

「アリアーヌ。奇遇だな。こんなところで」

「え、ええ。本当に驚きました」

いったん陸上に戻った俺たち。

だが相変わらず、アリアーヌはポカンとした表情を浮かべている。

キャロルとは異なり、デザインに特化した水着ではなく、泳ぎやすいような競泳スタイルの水着を着用していた。

「貴族たちも招待されている、ということか」

「そうですわね。レイも？」

「俺はそうだな。師匠たちと来るつもりだったが、みんな風邪を引いてな。実はキャロルと二人で来ている」

「二人？　二人きりですの？」

「あぁ。そうだが」

「……」

アリアーヌは深刻そうな表情をするが、どうしてだろうか。

「もしかして、みんな来ていたりするのか？」

「そうですわね。ただ、挨拶回りなどもあるので、会うことは難しいかもしれませんが」

「そうか。それなら仕方ないな。でもアリアーヌはどうして泳いでいるんだ？」

「パーティーまで少しだけ時間があるので、ちょっとだけ泳ごうかと思いまして」

「そうか。思えば、こうしてアリアーヌと二人で話すのは久しぶりだな」

「そ、そうですわね」

アリアーヌは忙しなく濡れた自分の髪の毛を触っていた。

競泳用の水着ではあるが、アリアーヌの鍛えている体と相まって非常に魅力的に見える。

「体もよく鍛えているようだな」

「はいっ！　もちろんですわ！　それにしても……」

アリアーヌは俺の体を凝視してくる。

「さらに大きくなりましたか？」

「あぁ。俺もトレーニングを積んでいるからな」

俺はまだ成長期だ。

きっと、もっと大きくなることができるだろう。そのために日々の研鑽は怠ってはいない。

この遠泳もトレーニングの一環なのである。

「一緒に少し泳ぐか？」

俺はそう提案をする。

偶然出会ったからこそ、久しぶりにアリアーヌと一緒にトレーニングをしたいと思ったからだ。

「いいんですの？」

「あぁ。俺の方は時間的に余裕があるからな。特にパーティーに出席する予定もないし」

「それなら、お願いしますわっ！」

俺とアリアーヌは二人で競うようにして、遠泳を始めた。

アリアーヌのペースに合わせて泳ごうかと思ったが、俺が思っている以上にアリアーヌは泳ぐのが上手い。

これならば、そこまでペースを落とす必要もないな。

数キロ程度泳いでから、アリアーヌはそろそろ戻ったほうがいいと言うので、俺は見送ることにした。

「では、わたくしはこれで失礼しますわ」

「あぁ。また機会があれば、一緒にトレーニングをしよう」

「はい！　よろしくお願いしますわっ！」

その時、背後からあいつの声が聞こえてきた。

「へぇ――アリアーヌちゃんと一緒だったんだ」

とても冷たい声色だった。

仮眠をとっているはずのキャロルが、なぜかここにやって来ていた。

いつもキラキラと輝いている瞳も、今は濁っているような気がした。

「キャロル。起きていたのか」

「うん。それと、私はちょっとアリアーヌちゃんとお話があるから」

「？　あぁ」

キャロルはアリアーヌを少し離れたところへ連れて行き、何やらコソコソと話をしているようだった。

そして、アリアーヌは青ざめた表情をしながら、ホテルへと戻っていく。

どんな会話だったんだ、と思いキャロルに尋ねる。

「キャロル。何を話していたんだ？」

「ん？　それは——乙女の秘密かな？」

つまり、これ以上は詮索するな、ということか。

俺も追及するほど野暮ではない。

海を楽しんだ後は、夏祭りの時間まで観光地を巡ってみることにしたのだが、退屈することはなかった。

そして俺たちは、夜の夏祭りへと向かうのだった。

◇

私はずっと女の子らしい姿に憧れていた。

子供の頃は魔術だけにしか興味はなかったけど、中等部に上がって——つまり、思春期になってから——私は女の子らしい可愛(かわい)いものに興味が出てきた。

今までは魔術探究こそ自分の使命だと思っていたけど、リディアちゃんたちと出会ってから考えが変わった。だって、自分よりも圧倒的な天才がいるのだから、それは自分の使命じゃないとすぐに気がついた。

きっと自分と肉薄した才能なら、嫉妬して追い抜いてやろうという気概も出てきたかもしれない。

けれど、本物の才能は全てを忘れさせてくれた。

「あっはっは！　私こそが、真の天才だッ‼」

傍若無人、天真爛漫、天上天下唯我独尊。

そんな派手な言葉が相応しい……いや、リディアちゃんはそれを超えるほどの存在だった。

あぁ。そうか、本当の天才ってリディアちゃんなんだ。

卓越した魔術の才能と圧倒的なカリスマ性。

それらを目の前で目撃した私は、あっさりと自分の才能に折り合いをつけることができた。

ということで、まずは自分のやってみたいようにしてみることにした。

「こんなものかな？」

とりあえず、学校の制服を着崩してみることに。

胸元を軽く開けて、スカートは折って短くする。

学校に行くと、まずアビーちゃんがその変化に気がついた。

「キャロル。どうした、その姿は」

「ダメかな？」

「怒られるぞ」

「でも可愛いでしょう？」

「……まぁ、それは否定できないが。だが規則というものがあってな」

アビーちゃんはお小言を言うけれど、私は言うことを聞かなかった。

むしろ、周りからの視線が少しだけ変わって面白かった。

派手な服装は私に合っていたし、なんだか心も軽くなったような気がしていた。

服装を変えてからしばらく経過して、気分も良くなっていた私はアビーちゃんに元気に挨拶をする。

「やっほ～！　おはよ、アビーちゃん！」

「やけにテンション高いな」

「そう？」

「あぁ。でも、キャロルは元気な姿の方がいいな。リディアの場合は、少しいき過ぎと思うが」

オシャレを始めてから、自分に自信が持てるようになってきた。

アビーちゃんもリディアちゃんも、そんな私を否定しなかったのが大きいかもしれない。

「お。キャロル、今日もイカした格好をしているな」

「へへ。見て、爪も可愛いでしょう？」

「おぉ。いいな！」

「ね！　リディアちゃんもやってみない？」

「ははは！　私は派手に動くから、遠慮しておく！」

「そっか。ま、リディアちゃんらしいね」

リディアちゃんは否定せず、私の派手な姿を気に入ってくれた。

私はもっと派手なものを好むようになり、言動も変わっていった。

気がつけば、化粧品や洋服などがどっさりと家に溜まるほどには、私はオシャレというものに熱中していた。

でも、根幹には幼い頃の自分がいるのは、変わっていなかった。

「いや〜、ついに高等部だねぇ」

「そうだな」

「ははは！　私の天才伝説は、ここでも轟くぞ！」

私たち三人は天才と評されていたけど、私とアビーちゃんは分かっている。

リディアちゃんに比べれば、自分たちの才能など大したことはないと。

それでも、嫉妬とかはなかった。

それはリディアちゃんが自分のことを天才と高らかに謳いながら、自身の才能と向き合い続けていることを知っているから。

歴史に名を刻むほどの才能。

けれど、才能を発揮するには努力も欠かせないことを、私は知っている。

リディアちゃんは一見すれば、天上天下唯我独尊という言葉を具現化したような人物だ。

でも、リディアちゃんが誰よりも努力家なことは知っていた。

きっとこの態度もそんな努力に裏付けされているのだろう。

ただよく上級生と揉め事になっているのは、もう高等部に上がったら減らしてほしい……けど、まぁ無理だよね〜。

「ねぇ、リディアちゃん」

「んあ？　どうした、キャロル」

無事に高等部に進学してから、数ヵ月が経過した。

リディアちゃんはその才能を遺憾なく発揮して、すでに七大魔術師候補にまでなっていた。

「リディアちゃんは天才だよね」

「そうだな」

「将来はどうするの？」

寮で同室だった私は、夜にリディアちゃんに将来について訊いてみた。

どんな進路に進むのか、純粋に興味があったからだ。

「軍に行く」

ノータイムでリディアちゃんは答える。

予想外の答えが返ってきた。

「え？　ぐ、軍？」

思わぬ答えで、言葉に詰まってしまう。

だって、リディアちゃんは絶対に大学に進むと思っていたから。

元々、私もそのつもりだった。

優秀な魔術師は大学に進む。

世間一般の常識だし、女の子が高等部を卒業してすぐに軍人になるなんて、ほとんど例がない。

「キャロル。才能には責任がつきまとう。その才能が大きければ大きいほど、な」

「……」

いつもの豪快な感じと違って、リディアちゃんは冷たい声でそう言った。

リディアちゃんの瞳が何を見据えているのか――私には分からなかった。

「大学で学ぶことは私にはもうない。ならば、この才能を世界のために還元すべきだろう。けれど、魔術にはおかしな点があるように思える」

「おかしな点？　もしかして――」

私も少しだけ心当たりがあった。

魔術が体系化したおかげで、世界はさらに発展していった。

でも、魔術の技量が上がれば上がるほど、何か壁のようなものを感じる。

それは理論や理屈的な問題ではなく、感覚的な問題だった。

その時、何か背筋にピリッとした電流のようなものが走った気がした。

あまりにも小さな違和感だったので、特に反応することはなかったけど。

「キャロルも感じていないか。何か大きな壁がある感覚だ」

「う、うん。分かるかも」

「コード理論によって魔術は体系化された。魔法という無秩序な技術は淘汰され、より理論的な技術が残るのは当然のことだ。魔術の祖であるフリージア＝ローゼンクロイツの功績は計り知れない」

「そうだね。すごいと思う」

仮にリディアちゃんに並ぶ天才がいるとすれば、それは魔術の祖しかあり得ない。

「だが……どうしても拭えない違和感があるんだよなぁ」

リディアちゃんでも分からないなら、私にだって分かるはずもない。

「あはは。もしかして、魔法の方がすごかったとか？　だから魔術を生み出して、制限をかけたとかね〜」

瞬間、リディアちゃんは目を大きく見開いた。

私は軽口でそう言ってみたけど、リディアちゃんは真剣に考え始めた。

「……そう、かもしれない。そうだ。大前提が違ったのかもしれない。魔法が下で魔術が上。生まれた時からそう思い込み、学校教育でもそう教えられる。だが、それが逆だとしたら……?」

リディアちゃんは急にぶつぶつと独り言を発する。

一人の世界に入ってしまった。

こうなってしまえば、リディアちゃんが戻ってこないのは、それなりの付き合いなので知っている。

私はすぐに寝ることに決めた。

それにしても、そっか。

軍か。

私もまだ進路を確定させているわけじゃないけど、そんな選択肢もあるのかと思った。

リディアちゃんはここからさらに、獅子奮迅（ししふんじん）の活躍を見せる。

魔術剣士競技大会（マギクス・シュバリエ）、新人戦優勝。

翌年、本戦優勝。

さらに翌年も、優勝。

三年連続優勝で、ついに史上初の四連覇のかかった試合がやってきた。

「よし。いっちょやるか！」

「リディアちゃん、頑張って！」

「リディア。ほどほどにしておけよ？」

「ははは！　私の辞書に手加減という文字はない！　そして敗北という文字もな！」

豪快に笑いながら、リディアちゃんは光の中に消えていくようにして、決勝戦の舞台へと上がっていく。

そして——前人未到の四連覇をリディアちゃんは果たした。

うん。決めた。

私も軍に行こう。

リディアちゃんの隣でもっと学びたいことがたくさんある。

それに、彼女の隣なら退屈しなそうだ。

この時は安易にそう思っていた——。


「卒業かぁ。早かったなぁ」

「そうだな」

「そうだね☆　でも、リディアちゃんは本当にすごかったね！」

「ははは！　だって私は、天才だからな！」

リディアちゃんは数々の偉業を打ち立てた。

以前までは七大魔術師候補にも上がっている程度だったけど、もうそうなるのも時間の問題だろう。

誰もが思っている。

リディア＝エインズワースは史上最高の天才魔術師であると。

私とアビーちゃんも同格みたいに扱われているけど、実際はリディアちゃんの次点がアビーちゃん。その次が、私だ。

リディアちゃんとアビーちゃんは、努力の鬼でもあった。

けど私は、そこまで努力はできなかった。

そして——ついに私たちは学院を卒業して、軍人になった。

極東戦役という悲劇を経験することは、まだ知らない。

「リディア。キャロル。卒業生たちでパーティーをするらしいが、行くだろう？」

「うん！」

「主役の私が行かないわけがないだろう！」

明るい未来への展望。そんなものを、この時の私たちは抱いていたと思う。

「——あれ？」

ピリッとした感覚が背筋に残る。

この兆候を覚えたのは確か……リディアちゃんと魔術の違和感について話した時だった

ような。

「おーい。キャロル、置いていくぞー！」

「あ、今行くよーっ！」

リディアちゃんと話した魔術の違和感についての話、極東戦役で起こった悲劇、そしてそれらは全て今に繋がっている。

魔術の違和感の正体、魔法の本当の真価、そしてどうして七大魔術師がこの世界に存在するのか。

それら全てが、有機的に繋がっていることを——私は後に知ることになる。

◇

「アリアーヌ。一緒にお祭りでも行かない？」

ちょうどパーティーが終わる頃、アメリアはそう話しかけた。

「お祭りですの？」

「ええ。近くで開かれるらしいの。エリサ、クラリス、レベッカ先輩、オリヴィア王女も一緒に来るの。どうかしら？」

「それでしたら、ご一緒させてもらいますわ」

「あーあ。それにしても――」

アリアーヌはこの先、アメリアが発する言葉をなんとなく予期していた。

けれど、その言葉が出ないように内心で祈るが――。

「レイも来られたらよかったのになぁ」

「そ、そうですわね……」

嘘をつくことが得意ではないアリアーヌは、咄嗟に顔を背ける。

実はレイは、このホテルに滞在している。

そのことはアリアーヌだけが知っている事実だったが、あの海でキャロルに釘を刺されている。

「アリアーヌちゃん。レイちゃんがいることは、みんなには秘密ね？　だって、みんなにバレたら大変なことになるのは、分かっているでしょう？」

「そ、そうですわね……」

特にレベッカ、オリヴィアあたりが騒ぎ始めることは目に見えている。

アリアーヌもできるだけそのような騒動は避けたい。

「もしよければ、夜にレイちゃんとお話しできるようにしようか？」

「え⁉」

思ってもない機会を提案されて、アリアーヌは驚く。

レイへの恋心を自覚してはいるが、どうやってアプローチしていいか迷っているアリアーヌはいつも傍観しているだけだった。

そんな矢先に、機会が舞い降りてきた。

もちろん、アリアーヌは了承する。

「いいね。素直な子は好きだよ。じゃ、くれぐれもみんなにはバラさないようにね？　詳しい話は、後で伝えるから」

「分かりました。ありがとうございます」

ただし、アリアーヌには一抹の不安があった。

本当に隠し通すことができるのかどうか。アリアーヌは自分が嘘をつくことが下手なことを自覚しているからだ。


「……レイはその、別のご予定が？」

極力自然な様子でアリアーヌは言葉を絞り出す。

「うん。一応、誘ってみたけどリディアさんたちと旅行だって」

「そ、そうですか」

「？　どうしたのアリアーヌ。なんか、様子がおかしくない？」

「そ、そんなことはありませんわっ！」

アリアーヌは明らかにレイの話題が出てから挙動不審であるが、なんとか平静を保とうと努める。

「一応、浴衣ってのを貸し出ししているらしいわよ？」

「浴衣？」

「東洋の衣服だって。アリアーヌも試してみる？　なんでも今回のリゾート開発は東の国の方も関わっているらしいの」

「なるほど。では、そういたしますわ。せっかくですし」

「はぁ……本当、パーティーって疲れる」

マリアは一人で夏祭りに参加していた。

先ほどまではパーティーに出席していたが、今は一人でこの場に来ている。

レベッカに一緒に回ろうと言われたが、それは遠慮しておいた。

今は流石に、一人になりたいと思っていたからだ。

別にレベッカのことを嫌っているわけではなく、純粋にマリアは一人の時間が好きなだけである。

「それにしても、割と人が多いわね」

ちらっと周りを見ると、それなりに混雑していた。

この祭りに参加しているのはホテルに滞在している人たちだけではなく、周辺に住んでいる人たちもいる。

それに今年は花火などもあるということで、それなりの注目度があるようだった。

東洋の伝統も組み込んでいるこの新しい試みは、王国民にとって魅力的に映ったようだ。

「屋台……は多いわね」

軽く食事でもしようと思ったが、流石に人が多い。

マリアは人混みが苦手なので、祭りの雰囲気だけでも楽しもうと思って、少しだけ離れてブラブラとしていると……。

「あ」

マリアの声が漏れる。

そして、何度も目を擦って確認するが、目の前にいるのは——どう見ても、レイだった。

「ん？　マリアか。どうしたこんなところで」

「……」

マリアはそこで、バッタリとレイと出会うのだった。

——あぁ。どうして、運命はこうなるのかしら。

マリアは内心で、そう思わざるを得なかった。

◇

夏祭りの経験は俺にはない。

祭りは軍人時代に少しだけ顔を出したことがあるが、それきりだ。

俺は現在、キャロルの到着を待っていた。

なんでも、今回の夏祭りではホテルで衣服を借りることができるらしい。

時期に応じて提供するサービスを変化させ、観光客を飽きさせないように工夫しているとか。

そのため、外国なども今回の祭りには関わっているらしい。

観光業のことはよく知らないが、きっと懸命に取り組んでいるのだろう。

また、貸し出される衣服は東洋のもので、浴衣という名前だ。

「レイちゃん。お待たせ」

「おぉ、よく似合っているな」

「ふふ。そうかな？」

キャロルの浴衣は黒を基調としていて、色とりどりの花がちりばめられている。

衣服自体は少しだけ大きめで、全体的にゆったりとした印象である。

「割と人が多いね」

「そうだな」

「……はぐれちゃうからさ、いいかな？」

キャロルは具体的には言及せずに、そっと俺の手に触れてきた。

一瞬だけ考えるが、これだけの人混みならば仕方ないか。

俺はキャロルの提案を受け入れることにした。

「あぁ。はぐれるなよ？」

「うんっ！」

キャロルはピタッと俺の腕に寄り添ってくる。

その際、俺は過去を微かに思い出す。

そうだな。

昔は周りを見上げていることが多かった。

キャロルのことも見上げていることの方が多かったが、今となっては俺の方が身長も高くなった。

自分よりも小さいキャロルの姿というのは、改めて見ると新鮮なものだった。

「ねぇ、いっぱいお店があるね！」

「みたいだな」

今回の夏祭りは、なんでも全体的に東洋のものを模倣しているらしい。

あまり馴染みのない店が目に入る。

キャロルと言えば、いつもであれば無理やり胸を押し付けてくるのに、これだけ近くても奥ゆかしさを感じる。

胸は微かに当たってしまっているが、それでもその感触はあまり腕に残っていない。

全く、本当にどうしたんだろうか。

は！

まさか、心を入れ替えたということか？

もしかしたら、そうなのかもしれないな。

やっと俺の想いが伝わったということか。

「レイちゃん。レイちゃん。これ食べてみよ？」

キャロルが手招きをする。

「なんだこれは」

「砂糖でできたお菓子？　わたあめっていうらしいよ」

「わたあめか。なるほど」

初めて見るお菓子である。

出来上がる工程を見ると、糸状になった砂糖を棒に絡めているのか。

ふむ。

確かに王国では見慣れないものである。

試しに食べてみるのは、悪くないな。

俺たちは二人分のわたあめを買うと、歩きながら食べてみることに。

「ん！　甘くて美味しいね！」

「あぁ。これは確かに、食感がいいな」

「キャロル」

「ん？」

「口元についているぞ」

「あれ？」

俺はキャロルの口元にあるわたあめのカケラを取って、自分の口に含んだ。

無自覚に出た行動であり、昔はこういったことをよくしていたのは、懐かしい記憶である。

「……」

ただなぜか、キャロルは大きく目を見開いて、顔を朱色に染めていた。

「どうした？」

「もう、レイちゃんってば、どこでそんなことを覚えたの？」

「覚えた？　なんのことだ」

「無自覚なのは時には罪だよ？　でも、私にしてくれたのは、嬉しいかな？　ふふっ」

キャロルはさらにギュッと俺の腕を抱きしめる。

とても愛おしそうに、とても嬉しそうに。

こんな幸せそうなキャロルの顔は初めて見るかもしれない。

まるで、この些細な瞬間を噛み締めているようだった。

「え！　キャロル⁉」

キャロルを呼ぶ声が聞こえてくる。

俺も声がする方を向くが、知らない人だった。

「え⁉　ダリアちゃん！」

「久しぶり！　学院ぶり、じゃない？」

「うん。そうだね」

旧友か。

軍の関係者ならば俺も知っている可能性は高いが、学院時代の友人となれば流石に俺も知らない。

「キャロルはやっぱり、すごい有名人になったよね。今や七大魔術師でしょ」

「そうだね～」

「それにしても、もしかして旦那さんとか？　いやそれにしては、若いわね。彼氏とか？」

俺のことを言っているのか。

その瞬間、キャロルの顔がボッと音を立てるような感じで、赤くなった。

「れ、レイちゃんはその……！　えっと……！」

こんなに動揺しているキャロルは初めてみるな。

と、俺は慌てているキャロルにそんな感想を抱いた。

「レイ？ あ、どこかで見たことがあると思ったら、今年の魔術剣士競技大会（マギクス・シュバリエ）で優勝した子じゃない？」

どうやら、観戦に来ていたようで、俺の顔を覚えていたらしい。

あまり水を差したくないので黙っていたが、話しかけられたので答えることに。

「一応、はい。そうですね」

肯定すると、キャロルの友人は驚いたのか、眉を上げる。

「キャロルは確か、今は学院で教師をしている……もしかして、教師と生徒の禁断の恋⁉」

「そ、そんなんじゃないよ！ ね、ねぇレイちゃん」

キャロルは目をウルウルとさせ、俺に助けを求めてくる。

ここまで狼狽（ろうばい）するキャロルは珍しくて、逆に感心してしまう。

そして、俺はキャロルのために助け舟を出すことにした。

「そのような関係ではありません」

「じゃあ、どんな関係なの？」

「昔から親交があるんです」

「へぇ、もしかして親戚とか？」

「まぁ近いものです」

なんとか誤魔化すことができた。

軍の同じ特殊部隊に所属していたということは、流石に言うことはできないからな。

「あ。実は今、他の友人たちも来てて。キャロルも知っている人たちだよ」

「え。そうなの？」

「うん。でも、二人一緒なのを邪魔しちゃ悪いよね？」

キャロルは迷っているようだった。

旧友と会いたいと思いつつも、俺がいることでどちらを優先しようと思っている。

俺はすぐにこう言った。

「行くべきだ。俺たちはいつでも会えるが、旧い友人とはなかなか会えないだろう？　俺はしばらくブラブラしたら、入り口で待っているさ」

「そ、それなら行こうかな？　レイちゃん。ありがとうね」

そしてキャロルは、旧い友達の元に向かう。

心なしかワクワクしているような表情だった。

今回の旅行では、普段見られないようなキャロルがたくさん見られるな。

師匠たちが見たら、きっと驚くかもしれない。

キャロルと別れた俺は、人混みから外れた場所にやってきていた。

ここはそれほど明るくはなく、星が綺麗に見えるからな。

「あ」

その時、後方から声が聞こえてきた。

振り向くとそこにいたのは——マリアだった。

マリア＝ブラッドリィ。レベッカ先輩の妹である。

「ん？　マリアか。どうした、こんなところで」

「……」

マリアはなぜか、俺を見た瞬間に大きく目を見開いた。

特に何かした覚えはないのだが、突然の出会いに驚いただけだろうか。

「マリア。どうした、そんな顔をして」

「ううん。ただ、やっぱり神様って残酷だなぁって思って……」

「？　なんのことだ」

「ううん。なんでもないわ」

マリアは首を横に振った。

「そう言えば、どうしてこんなところに」

「ちょっと涼みたくて。それにパーティーも長くてねぇ」

「そうか。大変だったな」

「レイって、一人で来ている……訳はないわよね？」

「キャロルと二人だ」

「え？　キャロライン先生と二人なの？」

「あぁ。そうだが」

「……そう。なるほどねぇ」

　噛み締めるようにマリアは呟いている。

　その途中で、「あーあ。これはバレたら、色々と拗れそうね……」とも言っていた。

「そういえば、アリアーヌちゃんに？」

「アリアーヌも昼に会ったな」

「海で遠泳をしている時にな」

「へぇ。でも――」

　マリアは何かを言おうとしたが、ピタッと言葉を止めてしまう。

　まるで何かを察したかのように。

「どうかしたのか？」

「ううん。なんでもないわ。レイ、ひとつ言っておくけど、お姉ちゃんは忙しいから、会えないと思った方がいいわ。挨拶回りとか、たくさんあるし」

「そうか。挨拶だけでもしておきたいが、それなら無理は言えない」

「ええ。くれぐれも、自分から行動しないことね。偶然出会うなら、私にはどうしようもないし……」

「？　あぁ。邪魔はしないようにしよう」

先ほどからマリアの言動がおかしい気もするが、特に追及することはしなかった。

俺は話題を変えて、マリアに祭りのことを訊いてみることにした。

「マリアは祭りに参加しないのか？」

「人混みって好きじゃないの」

「出店で食べたりもしないのか。勿体無(もったいな)いな」

「……私って、目立つし。それにやっぱり、一人だとねぇ」

そうか。

俺はマリアの容姿は気にしないが、流石に周りの人間はそうもいかない。

どこまでも透き通るような真っ白な肌に、燃えるように真っ赤な瞳。

彼女の容姿が人を惹(ひ)きつけてしまうのは、無理もなかった。

けれど、この祭りを楽しめないのは流石に勿体無い。

俺はそこで、マリアに提案をすることにした。

「じゃあ、俺と一緒に回るか？」

「え？」

「実はキャロルとは今、別行動をしていてな。ちょうど暇している最中だったんだ」

マリアは一瞬だけ躊躇(ちゅうちょ)する素振りを見せたが、すぐに返事をした。

「……じゃあ、特別に私と一緒に回ることを許可してあげるわ。ちゃんとエスコートしてよね？」

「あぁ。任せておけ」

さっそく、俺とマリアは出店の周りに戻ってきたが、先ほどよりも人混みが激しくなっている。

流石にこのままだとはぐれてしまうな。

「マリア。失礼する」

そう言って、俺はマリアの左手を握る。

「ひゃっ⁉　て、手を繋ぐ必要ある⁉」

「このままだとはぐれるだろう。それとも、俺が買ってくるから待っているか？」

「……ま、まぁ、それなら仕方ないけど」

俺はマリアの小さな手を握り続ける。

力を入れたら折れてしまいそうなほどには、マリアの手はとても華奢で薄く小さいものだった。

「わたあめだ。先ほど食べたが、よかったぞ」

「え、なにこれ。めっちゃ糸だけど」

「砂糖を糸状にして巻き付けているらしい。味というよりも、食感を楽しむものだな」

「へぇ。東洋のお祭りを参考にしているって聞いたけど、色々あるのねぇ」

俺は先ほど食べたので、マリアの分だけを注文した。

マリアはまじまじとわたあめを見つめ、パクリと一口。

すると、途端に笑顔になる。

どうやら、お気に召したようである。

「うん！　美味しいわね！」

「この調子で色々と回ってみよう。俺も興味があるからな」

「仕方ないわね。付き合ってあげるわ！」

いつも不機嫌な雰囲気を纏って(まと)いるマリアだが、今はとても上機嫌そうだった。

それから俺たちは、二人でこの祭りを楽しむのだった。

◇

マリアと別れた俺は、キャロルのことを待っていた。

きっと昔話に花を咲かせているに違いない。

しばらく待っていると、軽く走ってくるキャロルの姿が見えた。

「ごめんね！　待った？」

「いや、俺も今来たところさ」

「ふ、ふふ」

キャロルはなぜか、俺のその答えに笑い声を漏らした。

「なにがおかしいんだ？」

「だって、まるで恋人みたいだなって」

なるほど。

その言葉を聞いて俺は納得を示した。

確かにベタなやりとりではあったかもしれないな。

「定番のやりとりか。やりとりか。確かに、意識はしていなかったが、そんな感じだったな」

「ねぇ、レイちゃん。実は人があまりいない、穴場があるの。そこで花火を見ない？」

「穴場？　よく見つけたな」

「教えてくれたの」

「さっきまで会っていた旧友に？」

「うん。懐かしかったよ。私も今や、学院を卒業してから十年以上経つから」

「十年か。長いな」

十年以上。

つまり、今の俺の十年先をキャロルは生きていることになる。

そんな先の未来で俺は一体、何をしているんだろうか。

ふとそんな未来を考えてしまう。

「あ。今、おばさんって思った？」

十年という言葉に反応したのか、キャロルは不満げな様子を見せた。

わざとらしく、ぷくっと頬を膨らませて。

「そんなことはない」

「私だって、まだ二十代だよ？　まぁちょっとギリギリだけど」

「いや、少しだけ自分の未来を考えていたんだ。俺もきっと、この学院生活が過去になる時が来るだろうと思ってな」

「……」

キャロルは黙って、俺の話を聞いてくれる。

「キャロルと同じように、十年後の自分はどうしているんだろうと思ってな」

「どうだろうね。未来は誰にも——分からないから」

移動しながらそんな話をしているうち、俺たちはその穴場に辿りついた。

確かにこの場所は人はいないし、夜空も良く見える。

俺たちはしばらく沈黙して、この美しい夜空を見つめていた。

「学院の時の友達と会って、改めて私も昔を思い出したんだ」

「昔か。思えば、キャロルの昔話は聞いたことがないな」

「気になる？」

「——もしかして、今回の旅行でいつもと様子が違うことに関係があるのか？」

「そう、かもしれないね」

落ち着いた声音。

遠くを見るキャロルの横顔を見つめる。

その表情はあの時——極東戦役の頃に見せた、真剣な表情に似ていた。

「花火までちょっと時間があるけど、レイちゃんは聞きたい？」

「あぁ。頼む」

それから俺は、キャロルの昔話を聞いた。

昔から天才で、魔術の真髄を極めることが自分の使命だと思っていた。

しかし、師匠と出会ったキャロルは変わった。

派手な服装を好むようになり、言動も同様に派手なものになった。

そしてキャロルはアーノルド魔術学院を卒業して——軍人の道を進むことになった。

初めは明るく話していたが、軍の話になる前にキャロルは冷たい声音になる。

「きっと、私は軍人になるべきじゃなかった」

「そんなことは——」

ない、と俺は断言できる。

だってキャロルがいなければ、あの極東戦役はもっと酷いことになっていた。

キャロルのおかげで、どれだけ助かった命があったのだろう。

俺は隣でずっとそれを見てきた。

キャロルが必要ないなんて、思ったことは一度もない。

「軍人になるための素質、資格。私は確かにね、素質はあったと思う。身体能力、魔術の才能、戦況を読む能力。軍人には適していた。でも——心が耐えられなかった。私はアビーちゃんのようなカリスマ性もなければ、リディアちゃんのような才能に対する責任感もない。だから私には、素質はあっても資格はなかったんだよ」

まるで無感情に語るキャロル。

俺だけじゃない。

あの過去にまだ縛られているのは、キャロルだって同じだった。

そしてキャロルは語る。

地獄とも呼ぶべき戦場——極東戦役で何を思い、何を見つめ、何を感じて戦ってきたのかを。

結局どれだけ近い場所にいても、人の心は完全には分からない。

キャロル＝キャロラインという人間の、本当の心の内を——俺は知ることになる。

◇

私たちは通常の軍人のカリキュラムとは別のものを受けることになった。

それは期待されているから。

天才魔術師と呼ばれ、私たち三人は大きな期待を背負っていた。

もちろん、リディアちゃんが臆することはないし、アビーちゃんだってそうだ。

一方の私も、漠然と大丈夫だという思いがあった。

今まで特に苦労も、挫折もしてきたことはない。

士官学校でのカリキュラムも卒なくこなし、無事に私たちは部隊に配属されることになった。

特殊選抜部隊（アストラル）は新しく新設された部隊で、私たちはここで活動することになった。

それから私たちは数々の紛争に介入し、ある戦場で一人の少年を保護した。

名前はレイ。それだけしか分からなかった。

友人、家族、故郷の人間を全て失ってしまった男の子。

「レイ！　行くぞ！」

「うん！　師匠！」

レイちゃんは天才だった。

今はリディアちゃんと野球をしているけど、リディアちゃんの本気のボールを難なく受け止めている。

無意識に魔術を使っているのは、すぐに分かった。

そのことについて、私はアビーちゃんと話をする。

「レイは天才だな」

「みたいだね」

「非常に聡明でもある」

「勉強はアビーちゃんが教えているんだよね？」

「あぁ。だが、一度教えたことは全て吸収してしまう。教えた知識をもとに応用を利かせることもできる。おおよそ、子どもの知能ではないな」

「……レイちゃんは天才だけど、大丈夫かな？」

「リディアがいる。あいつは大雑把に見えて、ちゃんと自分を含めた全てを客観的に見ることができる。大丈夫だろう」

「そうだね」

レイちゃんはきっと将来、すごい人になるに違いない。

いい学校に入って、いい大学に行く。

そんな明るい未来が待っていると――思っていた。

でもなんだろう。時折、何か別の感覚を覚えるような気がしていた。

けど、リディアちゃんもアビーちゃんも何も言わないので、自分の気のせいということにしていた。

レイちゃんは魔術を使っている、それは間違いないんだろうけど……。

それから数年が経過して、レイちゃんが私たちの部隊に加わることになった。

レイちゃんが部隊に参加したことで、さらに任務をスムーズにこなせるようになっていった。

私は怖かった。

リディアちゃんにすでに迫りつつある、その天才の姿が。

私たちよりもずっと幼いのに、レイちゃんはもう七大魔術師の領域に足を踏み込んでいる。

リディアちゃんこそが、史上最高の天才だと思っていたけど、レイちゃんこそが本当の――。

極東戦役が始まった。

戦いは苛烈さを増していき、私たちもずっと戦場で戦うことになった。

こんな状況になっても、私は敵を殺すことはできなかった。

そして――部隊の仲間であるハワードちゃんが戦死した。

私たちに本当に良くしてくれて、頼れる人だった。

レイちゃんのことも、ずっと気にかけてくれていた。

彼の戦死を伝えたのは、レイちゃんだった。

ただ淡々とその事実を伝える。

さっき、直接その死を見てきたのに、どうしてそんな風に振る舞えるの？
どうして涙も出ていないの？
私はもう——流れる涙が止まらないのに。
隣ではアビーちゃんも泣きじゃくっていた。
アビーちゃんは、ハワードちゃんのことが好きだったもんね。
知ってたよ。この戦いが終われば、気持ちを伝えようとしていたことも。
けど、それはもう叶わない。
私はただただ、涙を流すことしかできなかった。
その中でレイちゃんは冷静にヘンリック中佐と話をしていた。
ハワードの仇は自分が討つと。
「レイちゃん……」
翌日、レイちゃんは本当に仇を討ってきた。
当時の七大魔術師であった、紺碧と雷鳴を殺し、ハワードちゃんさえ屠ってきた敵を
——レイちゃんは単独で撃破した。
その報告を聞いて、私はもう自分がおかしくなりそうだった。
戦況は未だに混沌と化している。
勝っているのか、負けているのか。
きっと殺している数なら、こっちの方が多いかもしれない。

「レイちゃん。大丈夫……？」

「あぁ。俺は問題ないよ」

冷たい声に、冷たい顔。

レイちゃんは史上最強の魔術師になった。

ハワードちゃんの死をきっかけにして、レイちゃんは覚醒してしまった。

特殊選抜部隊（アストラル）で活動することは少なくなり、それぞれが別の戦場で戦う。

アビーちゃんはそのカリスマ性と戦況を読む能力を評価されて、大佐になった。

リディアちゃんはすでに、英雄と呼ばれるようになっていた。

でも私は知っている。

私だけは——ずっとレイちゃんのそばにいるから。

「キャロル。終わったよ」

「うん……」

血塗（ちまみ）れになっているレイちゃん。

でもそれは、全てが敵の血だった。

レイちゃんには傷一つついていない。

単独で敵部隊を難なく壊滅させるレイちゃんは、リディアちゃん以上の戦果を上げている。

もちろんこれは表舞台には出ない。

レイちゃんの存在は秘匿されているし、その戦いは記録にも残されない。

ただ私だけが知っている。

どれだけの敵を殺し、彼が戦ってきたのかを。

それに自分の直感に確信を持ちつつあった。

レイちゃんは魔術的なものではなく、何か別の異能を宿している。

ずっと側にいたからこそ、私はそれを察することができた。

「でも、どうして帝国はこんなに急激に力をつけたんだろう？」

ふと、状況を整理していて思った。

この極東戦役は明らかにおかしな部分がある。

エイウェル帝国は確かに大国だ。表向きは介入していないけど、裏でこの戦争に関わっているのは明らかだった。

けれど、こんな軍事力を持っている国ではなかった。経済的にはかなり発展してきているけど、軍事力を伴うには早すぎる……。

それに今回の戦争は初めての魔術を使った大規模な戦争だ。

魔術大国はアーノルド王国であり、エイウェル帝国で魔術が盛んだという話は聞いたことがない。

けれど、この魔術が飛び交う戦争に援助するだけの力を持っている。

それに相手の兵士は魔術領域暴走をよく起こしている。

「もしかして、人体実験なんて……」

そんなことは考えたくもない。人体実験の末に、送り込まれている兵士。

いや、もしかすると、この戦場自体が実験の場であるのかもしれない？

けれどどれだけ考えても、結論が出ることはなかった。

それにレイちゃんだけじゃなくて、別の場所でも魔術とは別の兆候があるような気がしていた。

私は薄々感じてた。この戦いの背後には、何か大きな意志が蠢いているのではないかと。そう思いつつも、確信には結局は至らなかったけど。

そして気がつけば──極東戦役は終わっていた。

レイちゃんが魔術領域暴走を引き起こすほどの魔術を使うことによって。

リディアちゃんは最終戦で下半身が動かなくなってしまった。

アビーちゃんも、ヘンリック中佐も、フロールさんも、みんな消えない傷を負った。

私だけは傷ついていない。外傷は全くなかった。

たくさんの涙を流し続けるだけだった。

私は軍人になるべきでは──なかった。

人を傷つける覚悟も、自分が傷つく覚悟も、私は持ち得なかったから。

私が明るく振る舞っているのは、そんな自分を隠す側面もあった。

そして、極東戦役を終えた私は——。

◇

「そうか……すまない。あの時は余裕がなくて、キャロルを見ることができていなかった」

「ううん。いいの。あの戦争で誰かを気にする余裕なんて、誰にもなかったよ」

「そう、だな」

キャロルの胸の内を知った。

そうか。

キャロルはずっと明るく振る舞ってくれていた。

もちろん、それが本来のキャロルでもあるが……無理をしていたのか。

思えば、あの戦いで明るく振る舞える時点で異常だったのだ。

そんなことに気がつかないほどには、俺たちは精神的に追い詰められていた。

そして……帝国がどうして力を付けたのか、ということについては心当たりがあった。

その真相はつい最近聞いたばかりだからだ。

「そういえば、あの後キャロルは何をしていたんだ？」

「軍を辞めた後の話？」

「あぁ」

俺は師匠たちの元を離れて、ホワイト家で過ごすようになった。

ヘンリック中佐は軍に残り、師匠はカーラさんと暮らすようになり、アビーさんはアーノルド魔術学院の学院長になった。

思えば、キャロルだけは、どんな道に進んだのか知らない。

キャロルは気がつけば、俺たちの担任になっていたからな。

「私は旅をしていたよ」

「旅？」

「うん。世界中をぐるっとね」

「そうだったのか」

「意外だった？」

「いや、そうでもない。ただ世界中は規模が凄いな」

「私には考える時間が必要だった。ただお金は必要だから、研究者としても活動をすることにしたんだよ」

「そんな経緯があったのか」

「元々、研究するのは好きだったしね。それで世界中を旅して、私は、結局何も見つけられなかったよ」

キャロルはあっさりと言った。

その言葉は深刻なものではなく、少しだけいつもの軽い調子に戻っていた。

「ま、自分探しの旅だよね。よくあるやつ」

「よくある？」

「うんうん。みんなそういう時期は来るんだよ」

「いや……確かにそうかもな」

俺も同様に迷っている時期があったからこそ、その言葉はよく考えると頷けるものだった。

「そうなんだよ～。で、世界中を旅して分かったのは、意外と世界って狭いなってこと。そして私なんて、この世界に比べればちっぽけな存在ってこと。何か大層なことなんて、ありはしなかった。それで旅から帰ってきて、ちょうどアビーちゃんに学院に誘われて～、って感じかな？　はい。昔話、終わりっ！」

キャロルはパンと手を叩く。

先ほどとは異なり、ニコニコといつものように笑みを浮かべていた。

それにしても、キャロルは旅をしていたのか。

意外といえば意外だが、キャロルならそれくらいの行動力があっても、不思議ではない。

「まだね、夢に見るよ。あの時の戦い」

「俺もだよ」

過去から目を背け続けてきた俺は、学院に入ってからそれと向き合うことになった。

前回の戦い――ビアンカとの戦いでは、魔法によって過去を突きつけられた。

俺はそれを乗り越えてきたが、夢に見ることはある。

「でも、それでも私たちはまだ生きている。だから、過去に囚われ続けるんじゃなくて、未来も見ないとね？」

「そうだな」

「この旅行でその……レイちゃんと二人きりになって、ちょっと昔のことを思い出しちゃってたんだ。レイちゃんには、何もしてあげられなかったから。あはは。もしかして、いつもみたいにふざけてる方が良かった？」

キャロルはチラッと心配そうに俺のことを見つめてくる。

「いや、俺はどんなキャロルでもいいさ。まぁ、流石に過度なスキンシップはやめてほしいが」

「え～、ダメなの～？」

キャロルはギュッと俺の腕に自分の胸を押し付けてくる。

ぐいぐいと体を押し付けてきて、柔らかい感触と香水の香りがしてくる。

「ちょ、お、おい」

「あはは。冗談だよっ！　ま、今後はもうちょっと私らしく行こうかな？」

キャロルはウインクを送ってきた。

表情は暗いものではなかった。

と、急にキャロルの唇が俺の頬に触れた。

油断していたので、気がつかなかった。

「おい、キャロル！」

「ふふ。今日くらいは、許してよ。ね、レイちゃん……」

瞬間、花火が上がった。

キャロルは俺の肩に自分の体重を預けてくる。

ここで今までの話を割り切れたらよかったのだが、俺はキャロルの話した過去が気になっていた。

俺たちはただ、この美しい花火を静かに見つめる。

どうしてエイウェル帝国が力をつけたのか。

そして、あの戦争の背後でどのような思惑が蠢いていたのか。俺はもう知ってしまっているからだ。

その真相を知った時のことを、俺は否応無しに思い出してしまう。

「レイ＝ホワイトくん。君は考えたことがなかったかい？　あの極東戦役で台頭してきたエイウェル帝国が、あまりにも急激に力を付けすぎではないかと」

「当時はそこまで頭が回っていませんでしたが、兄が暗躍していたのでは？　いや、でも確かに……」

今になって冷静に考える。

兄は優秀な人間だった。帝国を牛耳ることも不可能ではないが、流石に国家レベルになると一枚岩ではないのは確実。

大国ともなればさまざまな政治的な思惑が複雑に絡み合っているのは、なんとなく予想できる。

兄は十年程度で国家を掌握したということになるが、まさか――。

「そうだ。君の考えている通り、君の兄であるアインスの背後で暗躍していた人物がいる。そのおかげで、彼は帝国を自由自在に操ることができていた。その人物こそ――ライナスだった。彼は私と同様に、魔法によって延命することに成功していた」

「まさか、極東戦役の裏に別の思惑があったとは……」

全ては兄の準備したものだと思っていたから、支援者の存在があったとは夢にも思っていなかった。

「私も戦争を止めるべく行動していたが、あまりにも相手の準備が早すぎた。そして私への対処も」

「あなたでも対応できないほどだったのですか？」

「この身体（からだ）はあまり長く活動できなくてね。それはライナスも同じだが、彼は私と違って大きな組織をそれ以前から作っていた。それが、優生機関（ユーゼニクス）だよ」

「優生機関（ユーゼニクス）。ここで繋がってくる、ということですか」

　優生機関（ユーゼニクス）がどうして生まれたのか。

　それは単なる優生思想から生まれたものではなく、ライナス＝ローゼンクロイツが兄であるフリージアに対抗するためのものだったのだ。

「あぁ。常に私と弟は対照的な存在になっている。私は魔術と七大魔術師を中心とした抑止力を生み出し、弟は私の世界を否定するために優生機関（ユーゼニクス）を生み出した」

「なるほど。しかしそうなってくると、あなた単独では彼を止めることは……」

　フリージア＝ローゼンクロイツはとても苦しそうに、俺の言葉を肯定する。

「君の予想通りだよ。先ほども言ったが、身体はもう限界に近い。魔法を使えるが、それもどれだけ保（も）つか。自分の存在を維持することで精一杯さ。しかし、ライナスは違う。彼は優生機関（ユーゼニクス）の研究をもとに、自分の肉体を保っている。全盛期ほどではないが、この世界で互角に渡り合えるのは君くらいものだ」

「なるほど……そういうことでしたか」

　ライナス＝ローゼンクロイツに対抗できるのは、抑止力である俺しかいないということか。

「本当に申し訳ないと思っている。私たち兄弟の因縁の決着を、君に任せるようなことになってしまって……」

「いえ。自分は与えられた役割を全うするだけです。それに、あの戦争のような悲劇をまた起こすわけにはいきません」

「その通りだ。私も裏で動くけれど、くれぐれも注意して欲しい」

「分かりました」

フリージア＝ローゼンクロイツとの邂逅はこれで終わった。

ライナス＝ローゼンクロイツ。

彼と接敵する未来は、そう遠くないのかもしれない。

◇

「あ！　もしかして、レイ⁉」

夏祭りも終了し、ホテルへ帰る途中。

俺たちはアメリアの声によって、呼び止められた。

よく見るとそこには、アメリア、レベッカ先輩、アリアーヌ、クラリス、エリサ、オリヴィア王女がいた。

みんな来ているとは思っていたが、まさかちょうど会うなんてな。

「レイさん！」

「レイ！」

すぐに近寄ってくるのはレベッカ先輩とオリヴィア王女だった。

その時、キャロルがさらに絡んでいる腕に力を入れた気がした。

「奇遇ですね！　レイさんも来ていたのですか？」

「はい」

「それにしても、キャロル先生とお二人ですか？　確かエインズワース先生とガーネット学院長とも一緒と伺っていたのですが」

スゥとレベッカ先輩の目が細くなる。

「ふぅん。なんだか、二人だけっぽいけどねぇ。おかしくないかな〜？」

オリヴィア王女も同様の反応を示す。

「はい。本当は師匠たちとみんなで来る予定だったのですが、風邪をひいてしまったようで。急遽二人で旅行をすることになったんです」

「それはそれは」

「へぇ……キャロル。旅行は楽しい？」

ただならぬ雰囲気。

俺は自分の足が震えていることに気がついた。

な、なんだこのプレッシャーは……⁉

「はぁ……」

「全く、こんなことになってるなんて……」

チラッと後ろを見ると、アメリアとクラリスは俺のことを呆れたような目で見ていた。

「ええ。とっても楽しいですよ？」

キャロルはにこりと微笑(ほほえ)みながら反応を返し、オリヴィア王女と会話を続ける。

「ふうん。二人きりねぇ、キャロルと」

「はい。でも別に、オリヴィア様が思っているようなことはありませんよ？　えぇ」

「普段のキャロルの言動からして、信じられると思う？」

「確かに信じるのは無理かもしれませんねぇ」

「キャロル。分かってるよね？」

「いいえ。言葉にしないと分かりませんよ」

キャロルとオリヴィア王女の舌戦。

一体どうして二人はこんなにも緊迫した雰囲気になっているんだ。

元々、この二人は仲が良かったはずだったが……。

「でも、オリヴィア様もお時間はあまりないのでは？　明日も朝早くから予定があるでしょう？」

「ぐ……やっぱり、こっちの予定は把握済みってことかっ！　ボクたちがいること、最初から知っていたに違いない！」

「そんなことはありませんよ。ただ王族ならば、それ相応のご予定があると思いまして。ふふ」

不敵に微笑むキャロル。

今の言葉に対して、オリヴィア王女だけではなくレベッカ先輩も悔しそうな表情をしていた。

まぁ、アリアーヌからも聞いていたが、実際に予定が詰まっているのだろう。

改めて王族や貴族は大変だなと思った。

「レベッカ！　予定を空けられないか、相談しに行こう！」

「は、はい！」

二人は慌ててこの場から去っていった。

「ま、こういう事態は想定していたけど。タイミングとしては悪くはなかったかな。事前にリサーチしておいて良かった」

キャロルが何やら、小声でそう言っていた。

そして、アメリアが俺に話しかけてくる。

「レイ」

「アメリア」

「リディアさんたちと旅行って、ここだったのね」

「あぁ。偶然だな。だが、ア——」

アリアーヌに俺のことを聞いていなかったのか——という言葉は発することはできなかった。

その理由は、なぜかキャロルが俺の口を手で塞いできたからだ。

何度かウインクをしてくるが、これは軍人時代に使用していた暗号だ。

えっと。

その件は、黙ってもらえると嬉しいな？

その理由を聞きたいが、そういうのなら従っておこう。

「レイ？」

「いや、なんでもない。本当は俺もみんなと過ごしたいが、そちらは予定が詰まっているのだろう？」

俺の言葉に先に反応したのは、アメリアではなくクラリスだった。

「そうなのよっ！」

ピンとツインテールを動かして、クラリスは声を荒らげた。

「今回は諸外国から来賓があるってことで、三日連続でパーティーがあるのよ！　しかも、日中はずっと」

「そうか。それは流石に大変だな」

クラリスは見るからに嫌そうであるが、そのような付き合いも貴族には重要なのだろう。

こればかりは我慢するしかないようだな。

「エリサは王族として呼ばれているのか？」

「う、うん……私はみんなみたいに慣れていないから、なおさら大変かなぁ」

「レイ！　エリサってば、すごい人気なのよ！」

「ちょ、ちょっとクラリスちゃん！」

「そうなのか？」

「ええ。エリサの奥ゆかしさもあるけど、やっぱりエリサはドレス姿が映えるから。うぅ……私ももうちょっとあれば……っ！」

クラリスは悔しそうに自分の胸に触れる。

成長は人それぞれだ。きっと、クラリスもいつか満足に成長できる日が来るかも……しれない。

言葉にするのは無粋なので、内心に留めておくが。

俺たちは会話を繰り広げるが、アリアーヌだけは隅の方でじっとしている。

キャロルの先ほどの暗号といい、全くどうしたのだろうか。

ともかく、触れない方がいいんだろうな。

しばらく会話をしてから、アメリアたちも戻っていった。

先ほどの話にあったように、明日も早いらしい。

「キャロル」

「ん？　どうかしたの、レイちゃん」

「アリアーヌの件だ。どうして黙っていた方がいいんだ？」

「んー。乙女の秘密、かな。あまり詮索しないでくれると嬉しいかな？」

まぁそう言うのなら、それで納得しておくか。

キャロルはふざけた言動も多いが、誰かを傷つけたり悪意のあるような行動を取るようなやつではないからな。

「さ、早く行こ」

「あぁ」

俺とキャロルもまた、ホテルへと戻っていく。

◇

「みなさん、集まりましたね」
ホテルにある一室——レベッカとマリアが宿泊している部屋に、先ほどのメンバーが集まっていた。

「あら？　アリアーヌさんは？」

レベッカの言葉には、アメリアが答える。

「体調が悪いそうです」

「そうですか。それでしたら、仕方がないですね」

「……っ！」

その時、部屋の隅にいるマリアは思った。

――しまった。その手があったか！　と。

マリアは気がついている。

アリアーヌは体調不良でこの会議を欠席しているわけではなく、レイと昼に出会ったことをバラさないために嘘をついて欠席していると。

実際のところ、アリアーヌは自分が出席すると余計なことを話しそうなので、今回は参加しないことにしたのだ。

「レイさんの件ですが、キャロライン先生と二人きりで旅行に来ているようです。そんな羨ま――こほん。ではなく、教師と生徒に許されていいことなのでしょうか？」

レベッカが正当な主張をする。

「うーん。でも、レイの場合は事情が特殊ですし」

アメリアも思うところはあるが、決して否定的ではなかった。

レイは友人である（今はまだ）。

が、レイという存在は少々特殊である。

彼と軍人時代からの付き合いである人たちの間には、割って入ることはできないと。

たとえそれが、普段はふざけているキャロルであったとしても。

そして、オリヴィアは落ち着いた様子でレベッカに話しかける。

「レベッカ。普通の教師と生徒なら問題だけど、レイの場合は仕方がないよ」

「そうですよね……」

レベッカも一応口にしてみたが、心からそう思っている訳ではなかった。

「しかし、問題なのは問題です。特にこの夜の動きは、こちらから制限をしないと」

ただし、レベッカはまだ完全に諦めた訳ではないようだった。

「レベッカは、キャロルが夜に動くと思うの？」

「オリヴィア様。キャロライン先生には百戦錬磨の貫禄を感じます。特にレイさんのことに関して、手を抜くことはないかと」

「むぅ……確かに、普段はふざけているキャロルだけど、今回は違う。何か強者のオーラのようなものを感じる。はっ！　まさかこれが、大人の余裕！」

レベッカとオリヴィアが話している中、クラリスはこそっとアメリアに話しかける。

「アメリア。いつもこんなことをしているの？」

「え？　あはは。まぁ、たまによ」

「へぇ」

「うぅ……でも、私も負けないよっ！」

エリサは真剣な会議の雰囲気に当てられたのか、やる気に満ち溢れていた。

クラリスは傍観し、アメリアはそこまでしっかりと会議に参加していない。

アメリアはどちらかと言えば、レイのことを尊重したいと思っていたから。

（このままでいいのかしら？　でもみんな結局、どこか踏み込むのが怖いのかもしれないわね……）

牽制(けんせい)をし合うことで誰かに抜け駆けをさせない、というのが表向きの理由ではあるが、積極的に動いているレベッカもオリヴィアでさえ内心では思っていた。

このまま関係を進めてもいいのだろうか。

振り向いてもらえないのならば、何も行動しない方がいいのではないのか。

その怖さゆえに、誰もがレイに対して一歩引いている状態だった。

（だからこそ、私は——）

アメリアは心の中で覚悟を決めた。

きっと進む時は今しかないと。

そんな中、会話はさらに先に進んでいた。

「ともかく、みんなで遊びたいという名目で部屋を訪れるのはありでは？　私、実は、トランプを持ってきているので」

レベッカはスッとトランプを出した。

「正攻法がいいよね。でも、その手もキャロルは読んでいるんじゃない？」

ハッとした表情になるレベッカ。

相手はあのキャロル。

そこまで単純にいかないことを、レベッカも考える。

「けれど、逆の可能性もあるのでは？」

「というと？」

「読んでいる私たちを読んでいるということです。なるほどね。逆に正攻法が通じる可能性もあるってことか」

「じゃあ、二手に分かれたらいいんじゃないですか？」

アメリアが提案をする。

「レベッカ先輩、オリヴィア様、マリアちゃんはレイの部屋に向かう。それ以外の私たちは外で二人を探す。それでどうでしょう？」

「うん。確かに、それがいいね」

オリヴィアが肯定を示し、レベッカもこくりと小さく頷いた。

そして、作戦が確定したので、それぞれが行動を始める。

「悪いけど、私はパス。そこまで興味ないし」

マリアは冷静にそう言った。

「まぁ、マリアがそう言うのなら」

レベッカもマリアに無理強いをするつもりはない。

内心、マリアは昼間の出来事がバレないかとヒヤヒヤしていたが。

「ねぇ、マリア」

「……はい。なんですか？」

オリヴィアに呼び止められたマリアは、すぐに振り返る。

「何か隠してない？」

確信があるわけでもないし、マリアに不審な点があったわけでもない。

純粋に直感的に何かあると思っただけだ。

「隠している？　いえ、特に何もありませんけど」

「そっか。ならいいけど」

実際、マリアはレイと二人きりで祭りを楽しんでいたが、ここはマリアのポーカーフェイスの方が上手だった。

「では、私たちはこちらに。アメリアさんたちも、よろしくお願いしますね？」

「はい」

レイを巡る夜の戦いが——水面下で始まる。

◇

「アメリア。迷わず進んでるけど、どこに向かっているの？」

クラリスが私にそう訊いてくるけど、なんとなく私はレイがいる場所の見当がついていた。

「心当たりがあるの。ついてきて」

「分かったわ」

「う、うん！」

クラリスとエリサが頷いてくれる。

レイはやっぱり、みんなに好かれているわよね。

私はさっきの会議を経て、改めてそう思った。

みんなレイに救われている。だからこそ、惹かれるのは当然だ。

どこか不器用で、鈍感なところもあるけど、その実直な性格は誰もが好ましく思っている。

でもだからこそ、関係を前に進めないといけないと……そう思っている。

レイは私を救ってくれた。

生きる道を示してくれた。

きっと、明るい未来なんてやってこない。

レールが敷かれた人生を惰性で歩むと思っていたけど、もっと私は自分の思うままに振る舞っていいのかもしれない。

そう考えることができるようになっていた。

だから――レイのことだって、諦めたくはなかった。

氷剣の魔術師であるレイなら、三大貴族のローズ家に劣ることはない。いや、実際には格という点においてはレイの方が上だろう。

そうだ。

いつだって前に進むには勇気が必要なんだ。

それはレイやみんなと出会うことで、手に入れたもの。

私は前に進む。

自分の人生を、自分の意志で進めるために――。

◇

「キャロル。部屋に戻らないのか？」

「うーん。どうしようかなーと思って」

「帰る以外の選択肢はないだろう。もう夜だぞ」

「帰ってもいいけど、あっちはどう動いてくるかな～と思って」

「あっち？」

「ううん。こっちの話」

時折、キャロルは俺が理解できない話をするが、一体何が裏で起きているのか？

「うん。やっぱ、もうちょっと散歩してから帰らない？　約束もあるし……」

「まぁ、構わないが」

最後に何か呟いたが、小さくて聞こえなかった。ま、聞き返すほどでもないか。

俺たちは少しだけ遠回りをしてからホテルに帰ることにした。

「あーあ。レイちゃんと二人きりは嬉しいけど、やっぱみんなで来たかったねぇ」

「あぁ。そうだな」

「来年は大佐やフロールちゃんと来られるといいね」

「あの二人は忙しそうだけどな」

「だよね～。ま、みんなが揃う日もいつか来るよね。きっと」

「来るさ。きっと」

俺はこれから、どうなっていくのだろう。

もう二年生の夏休みになった。

長いようで短かった。

このままあっという間に卒業までいってしまうのだろうか。

「あ。私、ちょっと用事を思い出しちゃった」

キャロルが急にそんなことを言い始めた。

声も少しだけ棒読みに近いものだったような……？

「用事？　もしかして、旧友たちと約束でもしていたのか？」

「ま、そんなところ！　ということで、私は先に帰るね！　レイちゃんはもうちょっとゆっくりしてもいいかもね～。じゃ！」

怒濤の勢いでいなくなるキャロルだが、最後の言葉だけやけに念押ししているようだったが……。

さて、どうしようか。

もう少し星でも見ながら、散歩でもするか。

そう思っていると――デジャブを感じた。

視線の先には昼間のように、アリアーヌの姿が見えたからだ。

「アリアーヌ！」

俺は走って彼女に近寄っていく。

「奇遇だな」

「あ。え、ええ……奇遇ですわねぇ」

アリアーヌは少しだけ挙動不審だった。

キョロキョロと周りを見ているし、忙しなく自分の髪の毛を触っている。

「アリアーヌ。体調が悪いのか？」

「いいえ！　体調は問題ありませんわ」

その瞬間だった。

草陰から、紅蓮の髪が見えた。


「へぇ。体調は問題ない、ね」


現れたのはアメリアだった。

その背後にはクラリスとエリサもいた。

なんだ。

みんな偶然だな。いや、偶然なのか？

流石に俺も違和感を覚えるが……。

「アメリア⁉　どうしてここに⁉」

アリアーヌは心から驚いているようで、その声は迫真めいたものだった。

顔色もサーッと青くなっていく。

「どれだけの付き合いだと思っているの。あなたが何かを隠しているのは、すぐに分かったわ」

「ぐ……っ！」

アリアーヌは苦悶の表情を浮かべている。

「私の推理はこうよ。あなたはレイと、昼に出会っていた」

アメリアは淡々とアリアーヌに語る。

俺はこそっとエリサとクラリスに話しかける。

「なぁ、アメリアは何をしているんだ？」

「まぁ、最後まで聞いておきなさいよ」

「なんだか推理小説みたいだね……っ！」

そうか。

大人しく聞いておくことにするか。

「その際、あなたはキャロライン先生と取引をした。内容はおそらく、私たちにレイがいる情報を教えないこと。代わりに、夜にこうして会うことを手引きしてもらう」

「なあ……っ!?」

アリアーヌの顔は驚愕の色に染まる。

そして、膝をがっくりと折って地面に手をついてしまう。

「？　どうしてそんな取引をする必要があるんだ」

「レイ。それはいつか自分で気がつく必要があるのよ」

「うぅ。道は長そうだよぉ……」

ピンとこないが、そういうものか。

アメリアは依然として饒舌に語る。

「でも私はこの推理をレベッカ先輩とオリヴィア様には聞かせなかった。だって私たち、友達でしょう？」

「アメリアっ……！」

アメリアは優しい声音でアリアーヌに手を差し伸べた。

アリアーヌはキラキラと目を輝かせていたが……。

「でもやっぱり、それはそれ。これはこれ。アリアーヌ、これは貸し一つね」

「う……でも、仕方ありませんわ」

どうやら、話はまとまったようだ。

俺はいまいちピンと来なかったが、まぁ二人の間でまとまったのなら余計なことは訊くべきではないか。

「じゃあ、私の部屋でトランプでもしない？　レイも少しは時間あるでしょう？」

アメリアはなぜかニヤッと笑ってから、ポケットからトランプを取り出した。

「あぁ。問題はない」

その後、俺たちはみんなでアメリアの部屋でトランプをした。

就寝時間までのわずかな時間だったが、とても楽しかった。

部屋に帰ると、優雅にキャロルがワイングラスを傾けていた。

「あ。レイちゃん。おかえり」

「ただいま」

「楽しかった？」

「知っていたのか。アメリアの部屋で遊んでいたこと」

「んーん。ただ、なんとなくそうかなーって。けど、レベッカちゃん、オリヴィア様、マリアちゃんはいなかったんだよね？」

「よく分かったな」

「まぁ、運ってそういうものなんだよ。強く望みすぎることは、時に全てを遠ざけることになり得るからね。これは流石に人生経験の差かなぁ」

キャロルはそう言うが、それは俺に対して言っているというより、自分語りに近いものだった。

それにその言葉はやけに重みがあるような気がした。

伊達に大人ではない、ということか。

「そういうものか」

「うん。レイちゃんも気をつけてね」

「あぁ」

「じゃあ、一緒にお風呂でも入る？」

「あぁ——って、そんなわけがないだろう」

反射で答えてしまうが、すぐに違和感に気がついた。

「ふふ？　やっぱりダメ？」

「ダメだ」

「そっかー。ダメか～。ふふ」

キャロルはとても嬉しそうに笑った。

アルコールのせいもあるのか、キャロルは上機嫌だった。

俺たちはそれぞれ入浴すると、すぐにベッドに入った。

「明日で終わりだね」

ベッドで横になりながら、俺たちは会話をする。

今となってはもう慣れてしまったものだな。

「そうだな。あっという間だった」

「ね。私はこの旅行でレイちゃんとたくさんお話ができて、楽しかったよ」

「俺も楽しかった」

「いつかまた、二人きりで旅行に行くのも、いいかもね？」

キャロルは冗談めいた声で、そう言った。

「……考えておく。ま、今回のように落ち着いているお前なら、前向きに検討する」

「その言葉、忘れないでね？」

それを最後に、俺は微睡（まどろ）みに落ちていく。

今回の旅行はこれで終わり。
あとは帰るだけ――この時は、そう思っていた。

◇

レイたちが滞在しているホテルの一室。

その部屋にいるのは――フリージア＝ローゼンクロイツだった。

どうして彼がここにいるのか。

レイ＝ホワイト、七大魔術師、王族や貴族たちが一堂に会するこの瞬間を弟であるライナスが逃すわけがないと考えていたからだ。

「ごほっ……」

フリージアは急に咳き込み、押さえた手には血液が溜まっていた。

咳き込むと吐血してしまうのは、もう慣れたものだった。

しかし同時にそれは、彼の時間がないことを示していた。

「やはり、魔法も万能ではないということか……」

彼は自身の体の細胞分裂を魔法によって極端に遅くしている。そのため、老化するペースも遅くなり、延命に成功している。

けれど、永遠の命ではない。どれだけ先延ばしをしても、命には限界がやって来る。それにおそらくライナスは――

「幸いなことに、戦力は十分に揃っている」

思考を巡らせる。

本来ならば、レイと合流すべきであるが、彼はそれを控えていた。

レイと接触してしまえば、ライナスに悟られてしまうからである。

レイとの距離が近くなれば、同調が起こってしまう。きっとその兆候を見逃すようなライナスではない。

ならば、自分は影に徹するべきだとフリージアは考える。

「ふ。それに私にはもう、ライナスと真正面から対峙するだけの力は残っていない」

今のフリージアはか細い火が残っているだけ。

綱渡りをしていることは自覚していた。

現状を見れば、皮肉なものである。

ただ延命をしているだけのフリージアはその命の灯火が消えようとしているが、人体実験をしているライナスはさらに力を増している。

いつまで経っても対照的なことに、フリージアは思わず自虐の笑みをこぼしてしまう。

だが、そんな感傷に浸っている暇はない。

「時は確実に満ちつつあり、真理世界への扉へ近づいている。抑止力であるレイ＝ホワイト。彼を中心とした七大魔術師たちも力をつけてきている。真理世界へ接続されれば、ライナスの理想は実現されてしまう。それだけは、阻止しなければ……」

改めて覚悟を決める。

フリージア＝ローゼンクロイツは魔術を生み出し、抑止力と七大魔術師というシステムを世界に定着させた。

しかし、その強大な力は使い方によっては世界を守ることもできるが、逆に世界を破壊する力になり得る。

レイ＝ホワイトという人格が世界を破壊する方を選択するとは思っていないが、その力がライナスに渡ってしまえば——その結果は火を見るよりも明らかである。

「ともかく、来るべき時に備えよう。幸い、ライナスはまだ本気で彼を屠るつもりではない。ならばタイミングを見極めて——」

彼はあらためて今後の動きをしっかりと考え込む。

「私は進み続ける。この命が——尽きるその時まで」

フリージアはゆっくりと立ち上がると、部屋を後にするのだった。

か細い命ではある。

全盛期のような力も残っていない。

けれど、彼の強い意志は残り続けている。
そして、状況はついに大きく動き始める――。

# 第四章 強襲

「ふむ。綺麗（きれい）な場所だ」

「リゾート開発も終わり、本格的に観光業に取り組むそうですから」

「なるほど。しかし、残念ながら楽しい時間は終わりにしよう」

「はい。お供いたします」

スーツを着たライナスとメイド服を着たエマの二人は、ホテルまで優雅に歩みを進めていた。

互いに極めて整った容姿に洗練された立ち振る舞い。

そのオーラを見れば、誰もが名の知れた貴族であると思うだろう。

「今回は彼の真価を試すと同時に、貴族連中の器も測ってみたい」

「かしこまりました。貴族たちは殺すのですか？」

「いや、別にいいだろう。真理世界（アーカーシャ）へアクセスするためにも、無駄な人間も残しておきたい。それに、兄が残した世界のシステムも確認したい」

一見すれば、このホテルに招待された貴族とメイドにしか見えないので、特に二人のことを呼び止める人間はいない。

ライナスたちはホテルに入ると、早速フロントへと向かう。

事前情報でこのホテルでパーティーが行われていることを、ライナスは知っていた。

「本日のパーティーはどちらで？」

とても紳士的な態度、ハスキーだがしっかりと通る声でライナスは受付嬢に話しかける。

受付嬢も彼が貴族だと信じて疑わない。

「二階にて行われております」

「ありがとう」

その情報を聞き出すと、優生機関（ユーゼニクス）のリーダーであるライナスは迷いなく二階へと向かった。

現在、王国の貴族だけではなく、各国の要人などもこのホテルに滞在している。

警備は厳重になっており、扉の前で身分証明書を求められるのはごく自然なことだった。

「申し訳ありません。念のため、ご身分を確認させていただいてもよろしいでしょうか？」

警備の人間は、軍人だった。

二人の軍人は一見しただけでも、かなり鍛えていることが分かる。

分厚い胸板に丸太のように太い四肢、鋭い眼光はまるで獰猛（どうもう）な獣のようだった。

加えてその立ち姿からして、魔術師としても手練（てだ）れであることをライナスは察する。

「身分か。私は、あまり興味はないな。身分社会によって生まれるものは、本当に退屈なものばかりだ。この世界にあまり必要なものとは思えない。社会制度として理解はできるが、好みではない」

おおよそ普通ではない返答によって、緊張感が走る。

「……不審者だ」

「あぁ」

構える二人の軍人。

実戦経験もある二人は、ライナスのただならぬ雰囲気を感じ取る。

溢(あふ)れ出(だ)す第一質料(プリママテリア)はさらに勢いを増していくが――。

「悪くはない。が、それ以上でもない。ここでしばらく眠っているといい」

「は？」

「え？」

暗転。

二人は何をされたのか、分からなかった。

ただ静かに、眠るように倒れ込んでいくことしかできなかった。

「お見事です」

ライナスのメイドであるエマが淡々とそう言った。

すでに倒れた二人に興味などなく、ライナスたちはそのまま室内へと進んでいく。

「では、入ろうか」

「はい」

「結界は？」

「すでに構築は完了しております」

事前に今後の行動については話し合っている。

作戦というほど大袈裟（おおげさ）なものではないが、指針は明確に決まっている。

「エマは優秀で助かるよ」

「もったいないお言葉です」

そのようなやりとりをしつつ、パーティー会場に入る。

先ほど外で警備の軍人が倒されたとは知らずに、それぞれがこのパーティーを楽しんでいる。

「ん？」

「どうかしましたか。アメリア」

急に入り口を見つめるアメリアにアリアーヌが尋ねる。

「いや、なんでもないけど……」

いちいち入ってくる人間を覚えているわけではないが、アメリアは何か嫌な予感がしていた。

ただしこの中で一番の違和感を覚えていたのは、レベッカだった。

「あの人は……？」

魔眼が反応する。何かと同調しているのは分かっていたが、レベッカはそれが脅威であるとまで理解できなかった。

その間にもライナスとエマは壇上へと近づいてくる。

ライナスはこのパーティーの喧騒（けんそう）を抜け、ゆっくりと壇上に上がるが、周りの人間たちは何も理解していない。

ただこれから何か演説でもあるのだろうか、と思っているだけだ。

「静粛に」

魔術で声を反響させるマイクを手に取り、ライナスは話しかけた。

一瞬で静寂が訪れる。

「自己紹介をしましょう。私は優生機関（ユーゼニクス）のリーダー、ライナス＝ローゼンクロイツです」

ライナスは丁寧な口調と態度で自己紹介をした。

上流階級の人間だからという理由ではなく、誰であってもライナスは一定の礼節を示すことにしている。

「え？」

「優生機関（ユーゼニクス）？」

「誰かの悪戯（いたずら）か？」

「ま、まさかそんなわけがないわよね」

この場にいる多くの人間は思っている。

このパーティー会場に優生機関（ユーゼニクス）がやってくるわけがないと。

自分たちの身にテロリストの毒牙が襲いかかってくるなど、夢にも思っていない。

今この場で、即座に正常な判断を下せる人間は、ほとんどいなかった。

けれど、上流貴族たちは即座に行動を起こす。

仮に悪戯であったとしても、優生機関（ユーゼニクス）の名前を騙（かた）るのは悪戯という程度では済まされない。

壇上にいる二人の男女を拘束するべく、上流貴族の人間たちは魔術を発動する。

「はぁ……やはり、この程度か」

ライナスが眼前に迫る魔術を軽く手で払うと、全てが雲散霧消していく。

彼は軽く身体強化をして、払っただけである。

「何⁉」

「魔術の無効化か⁉」

「まさか、対物質（アンチマテリアル）コード！」

ざわめく貴族たちの反応を見て、ライナスは辟易（へきえき）したように嘆息（たんそく）を漏らす。

「ハァッ‼」

壇上へと一気に飛翔（ひしょう）し、拳を叩（たた）きつけるのは――オルグレン家の当主である、フォルクハルト＝オルグレンだった。

遠距離からの魔術が通用しないのならば、接近戦に持ち込めばいいという考えであったが……。

「静粛に――という声が聞こえませんでしたか？」

「ぐ……う……っ⁉」

地面に叩きつけられるフォルクハルト。

彼は自分の上に、何か巨大なものが載っている感覚があった。

その重さは、筋力に自信のある彼であっても持ち上げることはできなかった。

いくら身体強化の魔術を重ねても、どうにもならない。

「お父様！」

アリアーヌが声を上げるが、ライナスがスッと鋭い目線を向ける。

「静粛に、と言っただろう？　言うことが聞けない人間は、退場してもらおうか」

その牙がアリアーヌにも襲い掛かろうとするが――。

「みんなに手出しはさせないわ」

アメリアの周囲には紅蓮（ぐれん）の蝶（ちょう）が舞っていた。

ヒラヒラと舞う蝶によって、アリアーヌに襲い掛かる魔術は無効化された。

「ほう。因果律蝶々（バタフライエフェクト）か。君の魔術に免じて、彼女の狼藉（ろうぜき）はなかったことにしてあげよう」

ライナスの興味はすでにアリアーヌではなく、アメリアの因果律蝶々（バタフライエフェクト）へ移っていた。彼はじっと紅蓮の蝶を見つめる。

「しかし、その若さで概念干渉系の魔術か。やはり——これは使えそうだ」

アメリアの魔術を見て、ライナスは何かを確信する。

もっとも、アメリアの因果律蝶々(バタフライエフェクト)を脅威と見做(みな)している訳ではないが。

「話を続けましょう。あぁ、外に出ることはできませんよ。既に結界は構築されています。強度は高く、あなた方が束になっても破ることはできない」

全員が、徐々に理解していく。

そして、恐怖が浸透していく。

自分たちはすでにテロリストの手中に収まってしまっているのだと。

扉から逃げようとした人間たちも、結界によって阻まれていることを改めて悟る。

「ま、と言ってもここで殺戮(さつりく)ショーなど行う気はありませんがね。私が求めているのは、レイ＝ホワイトの真価だ。彼がどうやって現状を打破するのか、それだけが知りたい。彼の力を測るために、少しは役立ってもらおうか」

ライナスは貴族、王族たちがいる前でそう吐き捨てた。

「しかし、まぁ……あまり騒がれても厄介だ。少し掃除をしよう」

ライナスは手を掲げる。

瞬間、人々がバタバタと倒れていく。

その中で魔力の高い人間は、なんとか意識を保っていた。

床に伏せさせられ、ずっと押し付けられているような感覚。

「ぐ……っ！　これは、重力……？」

アメリアは自分に襲いかかる魔術の性質をそう推察した。

重力を使った魔術はすでに実用化されている。

使い手もそれほど珍しいものではない。

「重力ではないよ」

ライナスが返答しながら、エマが用意した椅子にゆっくりと着席する。

「君たちの体内にある第一質料を操作しているだけさ。保有量が多ければ意識は保てるが、少ない人間は昏倒してしまう。ま、才能があるという貴族連中でもこの程度しか残らないのは、残念だけれど」

八割以上は意識がない。

残っているのは三大貴族、王族、一部の貴族だけである。

「こちらを」

「ありがとう」

エマは卓上に残っていたワインをライナスに渡す。

彼は少しだけ香りを楽しんで、ワインを軽く口に流した。

「うん。悪くはない。しかし、これが兄の残したかった人間たちの末路か。驚きはなく、平凡さを感じるのは残念だ」

侮蔑を込めた目線を向けるライナス。

大半の人間が床に伏して、意識ある人間もなんとか耐えている。

今まで起こるはずのなかった、未曾有（みぞう）のテロ行為。

それが目の前で行われている事実に、誰もが恐怖していた。

「はぁ……はぁ……」

レベッカは呼吸を荒くしていた。

ライナスが入ってきた時から反応していた魔眼だが、今はさらに輝きを増していく。

「魔眼か。すでにそのピースは脅威ではないが、未来視は厄介だ。消しておこうか」

ライナスが再び手を掲げるが、レベッカへの攻撃は発動しなかった。

彼の手には第一質料（プリママテリア）が集まっても、霧散してしまう。

「ふむ」

アメリアに視線を送る。

彼女は因果律蝶々（バタフライエフェクト）を自分にも発動することで、身動きが取れるようになっていた。

さらには、ライナスが対象とした人間に危害が加えられないように因果律蝶々（バタフライエフェクト）を重ねて発動していた。

「させないわ。さっきも言ったでしょう？」

全員が相手の魔術に対抗できない中、アメリアだけは反抗できるだけの余力が残っていた。

ライナスは次に第零質料（アカシックマテリア）で魔法を発動しようとするが——雲散霧消。

アメリアが書き換えている因果律は、魔法にまで干渉していた。

もちろん、アメリア本人にその自覚はないが。

「エマ」

「はい」

「やはり、仮説は正しいようだ」

ライナスはエマに語りかける。

彼の声色は少しだけ弾んでいた。

「そうだと思います。因果律蝶々（バタフライエフェクト）が介入しているのは、世界に存在する因果律という概念。魔術であろうとも、魔法であろうとも、因果律に変わりはない。そのような認識で間違いないと」

「あぁ。魔法と魔術。根本的な差はない。いいね。兄が残した人間たちも、存外悪くないということか」

誰もこの会話を理解できる人間はいなかった。

三大貴族であろうとも、魔法の存在を知っている者はいないのだから。

「くっ……!!」

アメリアは因果律蝶々（バタフライエフェクト）で攻撃を試みるが、連発したことで魔術領域が圧迫されてしまい、鋭い頭痛が走る。

そんな彼女にライナスが忠告をする。

「あぁ。因果律蝶々（バタフライエフェクト）で攻撃するのはやめておいた方がいい。対応策がこちらにないとは思わないことだ」

トントンとライナスは指先で自分の目の下を叩く。

「……」

アメリアはその一連の動作で、彼の言う対応策が具体的に分かってしまった。

因果律蝶々（バタフライエフェクト）はその性質上、対象を視界に入れなければならない。

視界に映らなければ、因果律蝶々（バタフライエフェクト）は発動しなくなる――つまり、アメリアの目を潰してしまえば因果律蝶々（バタフライエフェクト）は無力化できる。

もちろん、その前に絶対防御を発動させればいいのだが、それでも弱点が露呈していることは事実だった。

（ここは無闇に攻撃しない方がいいわね……）

アメリアは冷静にそう考えた。

これだけ優秀な魔術師が揃（そろ）っているのに、完全に制圧されてしまった。

今まで出会ってきた悪の中でも、異質な存在。

邪悪さを振（ふ）り撒（ま）くわけではなく、ただ淡々と作業をこなしているような様子だった。

「エマ。これを扉に」

「承知いたしました」

封筒に入った手紙のようなものを、ライナスはエマに渡す。

「さぁ、あっちはどう動くかな？」

ライナスはとても楽しそうに、薄く笑った。

◇

俺とキャロルは帰る準備を終えると、チェックアウトをするためにフロントに向かっていた。

楽しい時間はすぐに終わってしまったな。

「あーあ。なんだか、あっという間だったねぇ」

「だな」

「でも、次は絶対にみんなで来ようね？」

「もちろんだ」

キャロルと他愛のない会話をしていたが、妙に周りが騒がしい。

それに雰囲気もただごとではないような……。

「キャロル。何かおかしくないか？」

「うん……どうしたんだろう」

違和感を覚える俺たち。

感覚的に、魔術が使用されているような――しかし、このホテル内で魔術を使う理由があるのか。

そしてフロントへ向かうと、そこは大騒ぎになっていた。

俺たちはその中で一人、見知った顔の人物を見つけた。

「会長。どうかしましたか？」

グレッグ＝アイムストン。

魔術協会の会長であり、彼がこのホテルに招待されていることも不思議ではなかった。

「レイ！　それにキャロルも……っ！」

声と表情からして、切羽詰まっているのは間違いない。

ホテルのスタッフたちも何かの対応に追われているようだった。

これは流石に――只事ではないな。

「よかった。二人がいてくれたのは、不幸中の幸いだ」

「事件、ですか？」

キャロルが会長に尋ねる。

先ほど感じ取った魔術の兆候からして、そう考えるのは至極当然だった。

「あぁ。貴族たちは現在、二階のホールでパーティーを開いていたんだが、扉が開かなくなった。私はちょうど席を外していて、戻ってきた時には、強固な結界が張られていた」

「結界？　つまり、中に閉じ込められているのですか？」

「そのようだ。中の様子は全く窺えないが、こんな手紙が扉の前に置かれていた」

会長が手に持っている手紙を、俺とキャロルは拝借する。

内容はこうだった。

三時間後にこの部屋にいる人間を——皆殺しにすると。

これは挑戦である。

さぁ、乗り越えてみせろと煽ってくるような文章も書いてある。

「……これはまずいですね」

「あぁ。仮にも中にいるのは、三大貴族や王族。彼らが制圧されたとなると、相手は相当の手練れだろう」

「優生機関……」

キャロルが呟く。

俺もすぐに優生機関の名前が脳裏に過った。

これほどの規模の襲撃をしてくる相手は、その組織しかあり得ないだろう。

今までは暗躍していることが多かったが……ついに動き始めたということか。

「あぁ。私も相手は、優生機関だと思っている。しかし、相手は今まで表立った動きをしてこなかったが、いきなりここまでしてくるとは」

「……」

俺は思い出す。

学院にまで手を伸ばしてきたビアンカのことを。

優生機関（ユーゼニクス）は俺を求めている。

世界の抑止力である俺の力を。

ライナス＝ローゼンクロイツの目的は、世界を魔法に溢れた世界に戻すことである。

そのためには俺という存在は邪魔だ。いつか接触してくるとは思っていたが、このタイミングになるとは。

つまり、俺がここにいたせいで――。

「レイちゃん！　しっかりして！」

キャロルが俺の肩を掴（つか）んで、呼びかけてくる。

「レイちゃんのせいじゃないよ」

「あ、あぁ。すまない」

キャロルは俺が何を考えていたのか、分かっているようだった。

そうだな。

今は自責の念に駆られている場合ではない。

冷静に対処していこう。

「三時間となると、王国軍に連絡してここまで来てもらうのは、厳しいかもしれない」

会長は悲愴感（ひそうかん）に満ちた声を出す。

全てが後手に回り、圧倒的にこちら側の方が不利なのは間違いなかった。

そのこともおそらく、相手側は理解しているだろう。

「だが、レイとキャロルがいる。二人で突破することは可能か？」

会長の質問には俺が答える。

「やってみないと分かりませんが、結界はどの程度なんですか？」

「私ではお手上げだ。そもそも、あれだけの強度の結界は見たことがない。固有魔術(オリジン)でもなければ、突破は不可能だろう。結界を中和するにしても、時間がかかりすぎる」

「強引に破壊するしかない、ということでしょうか？」

「あぁ。レイ。そちらは任せてもいいだろうか。私は各所に救援を要請する」

「分かりました。キャロルもいますし、現場は自分たちが引き受けます」

「あぁ。よろしく頼む」

会長は俺とキャロルに深く頭を下げてから、走り去っていった。

一方の俺たちは、早速現場へと赴く。

「キャロル。状況をどう見る」

「相手は入念に準備してきてるね。それに時間制限と挑発するような内容。まるでゲームでもして、楽しんでいるように思えるね。それと……どうやら、簡単には扉を開けさせてはくれないみたい」

「……そうみたいだな」

俺たち二人は真剣な顔つきで、二階のホールへと向かっているが、すでに気配を感じ取っていた。

「魔物がいるな」

「みたいだね」

扉の前には、見渡す限りの魔物が溢れかえっていた。

これだけの数の魔物をホテルに侵入させることは、通常は不可能である。

しかし、方法がないわけではない。

俺はその可能性を言葉にする。

「召喚か？」

「だろうね。じゃないと、流石にこれだけの魔物が溢れかえることはないだろうし……」

「……」

二階のホールの前に溢れている魔物。

けれど、魔物たちは襲いかかってくる気配はない。

一定の範囲をうろうろと歩き、周囲を窺っているようだ。

「操られているのか？」

「うん。私を視界に入れているのに、襲いかかってこないし」

人間に支配されている魔物がいることは、別段驚くことではない。

俺たちはまず、慎重に魔物に近づいてみる。

すると、ある一定の距離に侵入すると敵対行動に入ることが分かった。

「半径十メートルくらいかな?」

「そのようだな」

俺とキャロルは、冷静にそう判断した。

魔物は半径十メートル以内に入ると、襲いかかってくる。

が、入らなければ何もしてこない。

「キャロル。どうする?」

「あの結界、相当な強度だね。会長が言っていた通り、並の魔術師じゃ突破できないかも。私は物理特化じゃないし、ちょっと厳しいかも。レイちゃんは?」

「俺は……本気を出せば可能だろう。ただ厄介なのは、やはりあの魔物たちだな」

「だね。結界を壊そうとしても、その前に魔物が立ち塞がっている。それに、召喚魔術だとかなり厄介。倒しても補充される可能性があるから」

「あぁ。そうだな」

キャロルの言う通り、召喚魔術と判断するならば、魔物はあれだけと思わないほうがいい。

際限なく溢れてくる魔物を倒しつつ、あの強度の結界を突破する。

相手も考えているようだな。

生半可な戦力では、決して突破することはできない。

現状、まともに戦うことができるのは俺とキャロルの二人。

観光客とホテルのスタッフで戦える人間はいない。

会長が応援を呼んでくれるとのことだが、あまり期待はできない。

時間という制約がある以上、俺とキャロルの二人でどうにかするしかない。

どうする。

この現状を打破できる作戦。

二人だけ、溢れる魔物、強固な結界、制限時間——非常に難しい条件の中、それをクリアしなければ……。

すでに室内では殺戮が繰り広げられているかもしれない。

優生機関（ユーゼニクス）はきっと、俺のことを試している。

俺はなんとなく、そんな予感がしていた。

「……レイちゃん。これなら、いけるかもしれない」

キャロルが張り詰めた緊張の中、そう言った。

俺は早速、キャロルから作戦の概要を聞いた。

「確かに、それならいけるかもしれないな」

「うん」

「流石はキャロルだ」

「ありがとう。ともかく、さっそく取り掛かるね。レイちゃんも準備をよろしく」

「あぁ」

俺とキャロルは即席の作戦を実行するために、準備に取り掛かる。

◇

まさか、こんなことになるなんて……私はそう思った。

優生機関(ユーゼニクス)が暗躍することは今までもあったけど、表舞台にこんな形で出てくるなんてことは、予想していなかった。

この戦いに現状参加できるのは、私とレイちゃんだけ。

他に戦力はいないし、後からやってくることも期待できない。

私たち二人で、どうにかするしかない。

魔物、結界、制限時間という条件の中、できることは――。

私は懸命に作戦を考える。

伊達(だて)に今まで、軍で作戦を立案してきたわけではない。

戦局を読む。

戦いはこの先にも待っている。

三大貴族たちなどを含めて、中には手練れの魔術師がいたはずだ。

それが簡単に制圧されてしまった。

室内で待っているのは優生機関（ユーゼニクス）の幹部クラス以上の人間と考えて、間違いないだろう。

その時——脳内である作戦を思いつく。

「……レイちゃん。これなら、いけるかもしれない」

私はレイちゃんに作戦内容を伝える。

「単刀直入に伝えるけど、結界の上に私が結界を張るよ」

「重ねる、ということか？」

「うん。魔物をさらに覆うように結界を構築する。それで、レイちゃんがその結界ごと貫く。できる？」

そう。

私が考えた作戦はレイちゃんの消耗を極力抑えたものだった。

魔物の感知は私の結界でどうにかして、レイちゃんが最小限の力で私の結界ごと室内まで貫く。

「可能だ。キャロルの張った結界があれば、魔物が襲ってくることを考慮しなくてもいい。それなら——あの技も使うことができるな」

レイちゃんが言うあの技というのは、おそらく真っ赤な氷剣のことだ。

極東戦役の最終戦でも使っていた、全てを貫く氷剣。

ただしあれは、ノータイムで出せるものではない。

それらも考慮して私はこの作戦を実行することにした。

「キャロル、時間はどれくらいかかる？」

「三十分あれば、全体を覆うくらいはできるかな。それから細かい調整をして、一時間以内にはいけると思う」

「そうか。それだけあれば、十分だな」

私とレイちゃんの準備を考えても、おそらくは時間は足りる。

残り時間は二時間半を切っているけど、問題はないだろう。

私は結界を構築しながら、レイちゃんに話しかける。

「レイちゃんはいける？」

「あぁ。俺は問題ない」

それから私は、自分の所感について伝えることにした。

「これは私の予想だけど……中にいるのは、優生機関（ユーゼニクス）の幹部以上の人間だと思う」

「幹部以上……俺は一ヵ月前に戦ったが、相手はかなりの手練れだった。確かに、そのレベルが来ていると考えるのが道理だな」

「うん。三大貴族たちが制圧されるなんて考えられないけど、実際にそれが起こっているし」

「……アメリアがいても、ダメだったということか」

レイちゃんが言っているのは、アメリアちゃんの固有魔術である因果律蝶々のことだ。

確かに、あの魔術があって後れを取ることはあまり考えられない。

因果律蝶々が真価を発揮するのは攻撃ではなく、防御。

守ることに関しては無敵だと思ったけど、敵がよほど上手くやったのだろうか。

ともかく、私たちは早急に室内に進入する必要があった。

「リディアちゃんたちがいれば、もう少し楽だったね」

「仕方がない。俺たちがいただけでも、幸いだったと思うしかない」

「そうだね。ごめん、ちょっと弱気になってたかも……」

私は少しだけ弱音を吐く。

この先、戦闘になるのは避けられない。

私はずっと戦うことから逃げていた。

極東戦役という地獄を経験して尚、私は戦う勇気がない。

気がつけば私の手は震えていた。

「キャロル。大丈夫か？」

そっとレイちゃんが私の手に触れてくれる。

まだ震えは止まらなかった。

「う、うん」

「……無理をするな。中に入ったら、戦うのは俺だけでいい」

「それは――」

同じだった。

四年前も私は、レイちゃんに任せきりだった。

自分よりも小さな背中の後ろで震えるだけの存在。

いいの？

そんな自分のままでいいのだろうか。

たくさん泣いて、たくさん後悔した。いまだに夢に見るあの戦争は、私の心に刻まれ続けている。

「ううん」

私は首を横に振った。

「私も戦うよ」

自然と出た言葉だった。

「しかし、いいのか？」

「うん。レイちゃんに任せてばかりじゃ、やっぱダメだよ。私は大人で、子どもを守るべきなんだし」

「キャロル……」

「あはは、今更かな？」

「そんなことはない。キャロル、くれぐれも無理はしないでほしい」

「うん。大丈夫だよ」

あぁ。

やっぱり、誰かに伝えることって大事だ。

手の震えは止まっていた。

私はレイちゃんの後ろにいるんじゃなくて、隣に立つんだ。

リディアちゃんやアビーちゃんのように。

「キャロル。戦闘になる前に共有したい話がある」

「何かな？」

レイちゃんの真剣な様子からして、私はその内容が深刻なものだと悟った。

作業をしながらレイちゃんの話に耳を傾ける。

その話を聞いて、全ての違和感が氷解していった。

魔術師の祖であるフリージア＝ローゼンクロイツ。

優生機関（ユーゼニクス）のリーダーであるライナス＝ローゼンクロイツ。

魔法と魔術の関係性も知ることができた。そうか、あの時私が何となく発した言葉は正しかったのか。

リディアちゃんはおそらく、私よりもずっと感覚が鋭かったから、当時から確信していたのかもしれないけど。

そして、過去からの因縁は現代まで続き、私たちは今まさにそれに直面している。

「そっか。昔からの違和感は、気のせいじゃなかったんだ」

「やっぱりキャロルは感じ取っていたか」

「うん。それにリディアちゃんもアビーちゃんも何となく分かっていると思うよ？」

「そうだな。今回の件が終われば、二人にも話をしよう」

「それがいいと思うよ」

と、そんな話をしている間にも作業は終わっていた。

「よし。準備できたよ」

「俺も大丈夫だ」

準備は整った。

もう私は、あの時のように逃げたりはしない。

さぁ——戦いが始まる。

◇

「さて、流石に彼がやって来るまでは、少し退屈だな」

ライナスは優雅にワイングラスを傾けながら、現状を見つめる。

床に這いつくばっている貴族たちの姿を見ても、彼は特に何も思うことはない。

ただ単純に、退屈という感情がライナスを満たしていた。

この場をいとも簡単に制圧してしまったライナスに対して、誰もが恐怖心を抱いている中で一人だけ、虎視眈々と機会を狙っている人間がいた。

「……」

それは、アルバートだった。

レイと出会うことで彼は他者を見下すことをやめ、自分自身と向き合うようになっていた。

そして、努力に努力を重ねて、今となっては生徒の中でも屈指の魔術師となった。

そのおかげか、ライナスの発動している魔術にも抵抗することができている。

すでにアルバートは、十分に動くことができる。

（どのタイミングで動くべきか……）

アルバートはそう考える。

一見すれば、相手は油断しているようにしか見えない。

隣に立っているメイドも同様である。

しかし、懐に飛び込むことはできない不気味さがある。

アルバートはレイとは異なり実戦経験はないが、それでも同様の感覚は持ち合わせていた。

（いや、タイミングはここしかない）

アルバートはライナスがワイングラスを傾ける瞬間を狙うことにした。

手加減はしない。

最悪殺すことになったとしても、自分が死ぬことになったとしても、アルバートはどちらの覚悟も持っていた。

それは貴族としての矜持。

決して驕りから来るものではなく、純粋な貴族であるということの使命。

それも全て——レイと出会ったからこそ、手に入れたものだった。

（そうだ。レイだったら、こんな時でも——諦めることはない。それに仮に失敗しても、俺には策がある）

自分の心を奮い立たせる。

そして、その瞬間はやってくる。

ライナスはワイングラスをゆっくりと傾ける。

その動作によって、視界は一時的に遮られる。

同時に、ダンッ！　という強烈な音が室内に響く。

アルバートは一気に内部コードを走らせて、身体強化を発動。

一瞬でライナスとの距離を詰めると、顔面に向けてゼロ距離で火球(ファイヤーボール)を炸裂(さくれつ)させる。

焦げ付く匂いと真っ黒な硝煙(しょうえん)が立ち込める。

誰もがアルバートの行動に驚くが、その中で最も冷静だったのは——ライナスだった。

「あぁ。いい攻撃だった。タイミングも威力も。そして、何よりも私を殺すという覚悟を持っていた。貴族の中にも骨がある人間がいるようで、私は嬉(うれ)しいよ」

「……なっ⁉」

アルバートは確実に手応えを覚えていたが、目の前には無傷のライナスがいた。

ライナスは煙を鬱陶しそうに払っているだけで、それ以上のことは起こってはいない。

「コード理論で構築する魔術よりも、魔法の方が発動は早い。残念だったね」

「くっ……!」

殺されかけたというのに、ライナスは余裕を持っていた。

まるでアルバートの一連の行動など意に介していないかのように。

「ただ、攻撃されて私もタダで済ますような人間ではない。それなりの報いは受けてもらいたいが、彼女の防御には脱帽するしかない」

ライナスの視線はアメリアに向いていた。

「はぁ……はぁ……」

限界が迫ってきているが、アメリアは因果律蝶々(バタフライエフェクト)を依然として発動し続けていた。

そして、そのおかげで時間を十分に稼ぐことができた。

アメリアやアルバートなどの三大貴族や上流貴族を中心にして、優秀な魔術師たちは立ち上がり始めていた。

その様子を見て、ライナスは現代の人間も捨てたものではないと考えを改める。

アメリアの因果律蝶々（バタフライエフェクト）で本人にも絶対防御が敷かれている。そのため、眼球を潰すという攻撃も通らない。

ライナスたちは完全に打つ手が無い、と立ち上がった魔術師たちは考えるが、決して対抗する手段がないわけではない。

「エマ」

「はい」

「任せても？」

「仰せのままに」

「これで少しは退屈せずに済みそうだ」

「お任せください」

恭しく丁寧に一礼をするメイドのエマ。

まるで精巧な人形のような顔つきで、アメリアたちに立ち向かう。

そして——エマの姿がアメリアたちの視界から消える。

「え？」

因果律蝶々（バタフライエフェクト）は発動しているが、攻撃そのものが発動しないわけではない。

エマはライナスのメイドではあるが、ただ彼の身の回りの世話をしているわけではない。

彼女は優生機関（ユーゼニクス）の幹部の一人であり、その戦闘技術は折り紙付き。

特に近接戦闘に特化している魔術師であり、暴食（パラトロゴ）にも引けを取らない戦闘力が彼女にはある。

そんな彼女と相対するのは、アルバートだった。

アメリアは因果律蝶々（バタフライエフェクト）で絶対防御を構築し、アルバートを中心にしてエマとの戦闘を繰り広げる。

隣ではアリアーヌもその戦闘に参加し、レベッカ、エリサ、クラリスたちも後方支援に回る。

「くそ……っ！」

「速過ぎますわ……っ！」

縦横無尽に走り回って、攻撃を仕掛けてくるエマの動きを完全に追うことはできない。

黒い影が高速で移動しているだけにしか見えなかった。

さらに、エマの攻撃は確実にアメリアの因果律蝶々（バタフライエフェクト）に影響を与えていた。

本来ならばこの世界に顕現しているはずの死という結果を逸（そ）らし続けているので、流石に因果律蝶々（バタフライエフェクト）も限界が近くなってくる。

これこそ、ライナスたちの対抗手段だった。

「因果律蝶々（バタフライエフェクト）は万能ではない。それは魔法だって同じだ。魔法であろうとも、魔術であろうとも万能なものは存在しないのだから」

ライナスは淡々とこの状況を見つめてそう言った。

その口ぶりは、まるでこの世界の真理を理解しているかのようだった。

そして――ついにアメリアが地面に膝をついてしまう。

呼吸は乱れ、溢れ出す汗が止まることはない。

「五分か。思ったよりも、長かったね」

消失していく紅蓮の蝶たち。

因果律蝶々（バタフライエフェクト）は解除されてしまい、これからの攻撃は絶対防御ではない。

「ウオオオオオ‼」

それを理解していても、アルバートは攻めることをやめなかった。

ここで止まってしまえば、誰かが死んでしまう。

すでにこの戦闘は死闘といって差し支えなかった。

エマは淡々とアルバートの攻撃を見切って、ボソッと言葉を漏らした。

「勇気があることは素晴らしいですが、それは蛮勇（ばんゆう）。さようなら、貴族の少年」

アルバートの拳を余裕で避（よ）けて、エマの手刀がアルバートの心臓へと迫る。

『アルバート（くん）‼』

全員の脳裏に過（よぎ）る。

アルバートの心臓を貫くエマの姿が――。

けれど、それは起こらなかった。

因果律蝶々(バタフライエフェクト)が発動したわけではない。


「みんな!!　大丈夫か――⁉」


壁を突き破り、やって来たのはレイだった。

彼はすぐにエマとアルバートの間に氷壁を生み出すと、アルバートを後方へと下げる。

「レイ……」

レイの姿は白髪に加えて、黄金の瞳に変化していた。

溢れ出す真っ白な粒子はレイを覆うように展開する。

「あぁ。やっと来たか。待っていたよ」

ライナスはゆっくりと立ち上がって、レイの元へ歩みを進める。

臨戦態勢だったエマは軽くスカートを払ってから頭を下げ、すぐにライナスの後方に控える。

レイもまた、じっとライナスの姿を見つめる。

交わる視線。果たして、二人は何を考えているのか。

ついにこの世界の抑止力であるレイと、優生機関(ユーゼニクス)のリーダーであるライナスが――邂逅(かいこう)する。

◇

俺とキャロルは入念に準備をして、ついに突入することになった。
本来ならば会長に伝えておきたかったが、そんな時間はない。
キャロルの構築した結界は見事なもので、しっかりと作動していた。
魔物たちを抑え込み、俺たちにその攻撃は当たらない。
それに中にいる敵にも突入するタイミングは悟られたくなかった。
その意味でもこの結界に結界を重ねるという案は、流石だった。
伊達に特殊選抜部隊(アストラル)で戦ってきたわけではない。
キャロルはずっと負い目があったと言うが、それでもキャロルも戦っていたんだ。
悲しみと葛藤の中で、苦しみながらも。
その経験は決して無駄なんかじゃない。
俺は心からそう思う。

「レイちゃん。準備はできてるよ」

「あぁ。では──発動する」

作戦開始。

俺は入念に構築したコードを流して、周囲に真っ赤な氷剣を顕現させる。

その数は三十を超え、五十本でピタリと止まった。

「よし」

一本の赫氷封印(バンドラ)を手に取る。

背後にはおびただしい数の赫氷封印(バンドラ)が控えている。

それらの焦点をただ一点に合わせる。

「キャロル。下がっていてくれ」

「うん」

集中する。

この一撃で突破しなければならない。

キャロルの結界、魔物、相手の結界。

その三点を一撃で突破する。

「スゥ──ハァ──」

深呼吸をして、力を込める。

そして俺は、全ての赫氷封印(バンドラ)を一点に直撃させた。

「赫氷極点(ピンポイントクリムゾン)」

瞬間。

真っ赤な光が発されたと同時に、尋常ではない音が発せられた。

強烈な閃光(せんこう)と音が結界を破壊していく。

また、同時にそこにいた魔物たちも全て巻き込まれていく。

魔物たちの体は、完全に第一質料(プリママテリア)へと還元されていった。

そして、結界と共に崩解していく壁の先に見えるのは──倒れ込んでいる人々だった。

「あれは……！」

「レイちゃん。行こう！」

「あぁ！」

俺とキャロルは室内に進入する。

そこに広がっていたのは想像していた惨劇ではなく──伏せている人々の姿だった。

「みんな!!　大丈夫か──⁉」

一見したが、人が死んでいるような様子はない。

ただしちょうど今、この場は戦闘中だった。

俺は視界に戦っているアルバートの姿を捉える。

アルバートは相手に心臓を貫かれようとしていた。

目に見える死。

俺はもう、後悔はしない。

あの時、ハワードを失ったのと同じことは、もう二度と繰り返さない。

能力を完全に解放する。

俺の体内にある第一質料(プリママテリア)が一気に放出される。

そして、俺はアルバートを守るようにして、相手との間に氷の壁を生み出した。

「アルバート！　無事か⁉」

「レイ……あぁ。助かった」

すぐにアルバートのそばに向かい、俺は彼の代わりに前に立つ。

アルバートと対峙(たいじ)していたメイドらしき女性は、恭しく後方へと下がっていく。

コツ、と音を立てながらゆっくりと歩いてくる一人の男性。

だがあれは——あの人にあまりにも酷似していた。

「あぁ。やっと来たか。待っていたよ」

視線が交わる。

そう。

彼は——魔術の祖であるフリージア＝ローゼンクロイツに瓜二(うりふた)つだった。

「さぁ、君の真価を見せてくれ」

ついに俺は、優生機関(ユーゼニクス)のリーダーと相対することになった——。

# 第五章　終焉の始まり

「ここで一気に逃げられても面倒だ。少し、時間でも稼ごうか。それにせっかくの邂逅だ。他の人間に、邪魔はして欲しくはない」

ライナス＝ローゼンクロイツがパチンと指を鳴らすと、地面に幾何学模様が浮かび上がり、そこから大量の魔物たちが溢れ出してくる。

室内に進入することはできたが……どうしたものか。

そう迷っていると、キャロルが声をかけてくる。

「レイちゃん。魔物は私たちに任せて」

「ええ。レイはやるべきことがあるでしょう？」

「あぁ。俺はもう、大丈夫だ」

キャロルだけではなく、アメリアとアルバートも声をかけてくれる。

それにレベッカ先輩、エリサ、クラリス、オリヴィア王女などもこくりと頷いてくれる。

そうだ。俺には仲間がいる。

ここは任せよう。

そして俺は、魔物たちを無視してステージ上にいるライナス＝ローゼンクロイツの元へ向かう。

「さて。まずは自己紹介をしようか」

「……」

俺は相手の様子を窺う。

言葉を発しているのは陽動で、何かしらの攻撃をしかけてくるかもしれないからだ。

しかしそんな俺の意図など気にしないかのように、彼は自己紹介を始める。

「私はライナス＝ローゼンクロイツ。すでにフリージア＝ローゼンクロイツから聞いているかもしれないが、私は彼の弟だよ」

その二人の因縁はすでに聞いているが、実際に対峙してみると確かにどこか浮世離れした雰囲気も似ている。

「君は私に似ているよ」

唐突にそんなことをライナスは言ってきた。

何が似ているのか、俺には見当も付かない。

「俺がお前に？」

「そうだ。私たちは、共に弟だろう？　そして、自分の兄によって運命を翻弄されている。私は君の気持ちがよく理解できるよ」

「それは……」

兄によって運命を翻弄された。

その言葉は俺の心に深く突き刺さった。

否応無しに、想起させられる記憶。

兄と対峙したあの過去は――俺の罪として深く刻まれている。

「ただ君は、兄を自分の手で殺した。どうだい？　最高の気分だっただろう？　障害となる人間を屠る瞬間の喜びを、私はまだ知らない。羨ましいよ」

ライナスは羨望の視線を送ってくる。

そこに善悪はなく、ただ純粋な感情がぶつけられる。

しかし、立場は確かに似ているかもしれないが、決してライナスと俺が同じだとは思わない。

「……分かったようなことを言うな。俺は、兄を殺したことに喜びなど覚えていない」

「では何を？」

「後悔と悲しみしか感じなかった。けれど、それを背負って俺は進んでいく」

過去との決別はすでにつけてある。

この程度の煽りで俺の心が今更揺らぐことはない。

「なるほど。やはりどこまでいっても、君は善人であるという事か。兄に選ばれただけはある。あの独善的で、どこまでも善意の塊でしかない、我が兄に」

今までは飄々とした態度をとっていたが、ライナスは顔を醜く歪ませた。

兄との確執。

彼は未だに、それに囚われているらしい。

「ま、話はここまでにしておこうか。さて、ここから先は殺し合いだ。君の真価を試させてくれ」

「……」

ライナスは戦闘態勢に入るが、敵意はそれほど感じない。

言葉の通り、俺を試そうという意志を感じた。

俺はチラッと背後を確認するが、キャロルを中心にして魔物には十分に対応できるようだった。

いつものメンバーだけではなく、他の貴族たちも戦うことができている。

これならあまりみんなのことは気にしなくても大丈夫そうだな。

「まずはそうだね。兄の生み出した、偉大な技術を私も使ってみるとしようか」

溢れ出すのは真っ白な粒子だった。

第零質料（アカシックマテリア）ではなく、第一質料（プリママテリア）？

別に魔法だけではなく、魔術を使えることに驚きはないが、わざわざ魔術を使ってくる意味が分からなかった。

けれど、彼はずっと俺のことを試す——と言っていた。

「——氷千剣戟（アイシクルブレイズ）」

顕現するのは百を優に超える氷剣。

俺は二本の氷剣を手に取ると、相手に向かって駆け出した。

トップスピードに達し、相手の心臓に氷剣を突き刺そうとするが——それは、唐突に現れた氷壁によって阻まれる。

「現代魔術とは、二系統七種に分類されている。系統別に言えば、自身を強化する内部(インサイド)コードと外部に干渉する外部(アウトサイド)コードが存在する」

俺の攻撃を避(よ)けつつ、彼は雄弁に語り続ける。

それは俺に話しかけているというよりも、独り言に近いものだった。

「高速魔術(クイック)。これは、魔術を高速で発動するもの。単純明快、非常に扱いやすい」

次々と氷壁が俺の目の前に現れてくる。

それらを対物質(アンチマテリアル)コードで一気に霧散させていくが、ライナスは俺との距離をしっかりと取ってくる。

底が見えない。

今まで数多くの敵と戦ってきたが、この相手だけは異質なものを感じる。

「遠隔魔術(リモート)、遅延魔術(ディレイ)、連鎖魔術(チェイン)、物質変化(マテリアルシフト)——これらも、現代魔術を象徴する技術と言って過言ではない」

言葉で発している通りに次々と発動されていく魔術。

この嵐とも呼ぶべき奔流の中で、俺は相手の魔術の対応に追われていた。

圧倒的な物量の魔術を対物質(アンチマテリアル)コードで無効化していくが、相手の魔術生成速度は俺と同等かそれ以上のものだった。

「そして、大規模魔術に大規模連鎖魔術。この魔術を扱える人間は、限られてくる。それだけコードの構築が難しいということだ。固有魔術も再現するのは可能だが、実演は控えておこう。あれは少し疲れるからね」

実演か。

確かに今までの攻撃は実演と言った方が的確かもしれない。

何かの感触を確かめるように発動する魔術は、まるで学院での授業のようだった。

「いやはや、素晴らしい。兄の生み出した技術は非常に論理的に構築されている。はは、素直に脱帽したいね」

次々と炸裂していく空間。

大規模魔術を発動させ、続いて大規模連鎖魔術も発動させた。

まるで何かを確かめているかのように。

そして、幾重にも重ねるような爆裂は、一気に終わりを迎える。

俺は距離を取った。

探り合い。

ここまでは前座のようなもので、俺もまた相手の動き方を窺っていた。

「対物質コード。レイ＝ホワイトにだけ許されたその力は、魔術の範疇ではない。それは君も分かっているのだろう？」

「……」

知っている。

この力は俺の本質である、還元があるからこそ使用できる力だ。

現代魔術ではおそらく、体系化されることはないだろう。

あくまで机上の空論であり、実際に扱えるような代物ではないのだから。

「それは、過去に誰もが使うことのできた異能である、魔法が起源になっている。君の場合は、魔法の負荷を考えて、あくまで魔術として使用しているようだが」

ライナスはしゃべりに夢中になっていると思い、俺は氷剣を低く構えて再度加速していく。

射程内に捕らえた。

あまりのスピードに背後で控えていたメイドが出てこようとするが、それは間に合わない。

このまま決着をつけさせてもらおう——と思ったが、氷剣はライナスがスッと差し出した人差し指によって止められた。

「分かっているだろう？　魔術では私を止められないよ。さぁ、互いに解放すべき時だろう」

そうか。

互いに溢れ出す漆黒の粒子。だが、ここで魔法を使ってしまうと、被害を抑えることができなくなってしまうかもしれない。

本来ならば、ここで魔法での戦闘は避けておきたいところだが。

と、その時だった。

俺とライナスの間に、光の剣が突き刺さった。

「なるほど。流石にこの状況になると、やはり出てくるか兄さん」

兄さん？

つまり、これはフリージア＝ローゼンクロイツの魔法ということか。

彼の体は限界に近く、介入することは難しいと聞いていたが、ここで助け舟を出してくれたということか。

「兄さんが誘っているのは分かっているが、行かない選択肢はないな。エマ、ここは任せたよ」

「はい。仰せのままに。そして、今までお世話になりました」

「あぁ」

ライナスは空間転移の魔法を使ったようで、この場から消え去ってしまった。

そして、入れ替わるようにして俺の目の前に立ちはだかるのは、メイドの女性だった。

「あなたの相手は、私です」

纏っている雰囲気はライナスに近いものである。それに、アルバートを圧倒していたことからも、決して油断することはできない。

「あなたとの戦いは邪魔をされたくはありません。少し場所を変えましょう」

彼女は純粋に俺に向かって拳を叩き込んできた。

それを氷剣で受け止めるが――あまりにも重いその拳は、俺を後方へと吹き飛ばしていった。

ちょうど俺が、この部屋に進入するために穴を開けた空間へと戻されるような形になった。

「……なんて力だ」

受け身を取って完全に力は分散させたが、少しでも油断していれば体はバラバラになっていたかもしれない。

スタッと小さな音を立てて、彼女もこの空間にやってくる。

「防ぎましたか。並の人間であれば、バラバラに破壊できる威力なのですが」

「容赦はしない」

「もちろん、私もそのつもりですよ」

完全に身体強化に特化した魔術師――いや、魔法使いと思った方がいいだろう。

「あなたの偽善。私が暴いて差し上げましょう」

◇

「アメリア。大丈夫ですの？」

「ええ……問題はないわ」

アリアーヌが心配してくれるけど、正直強がりだった。

因果律蝶々（バタフライエフェクト）は強い因果に介入するほど、第一質料（プリママテリア）の消費量も増えていく。

さっきのメイドの攻撃は、ほぼ全てが死に届いていた。それを因果律蝶々（バタフライエフェクト）で無効化したため、私はかなり疲弊していた。

肩で呼吸をして、視界もはっきりとしない。

でもここで……休むつもりなんてなかった。

だって、レイが戦っているから。

心の奥底で私は諦めかけていた。

あの男の圧倒的な力を前にして、恐怖に支配されてしまっていた。

それでもなんとか戦うことができていたのは、レイのおかげだった。

レイならきっと――やって来てくれる。

それは心からの信頼でもあり、ある種の逃げでもあった。

そうだ。

私は、自分の足で立って進んでいかないといけない。

貴族である自分。

今まではそんな自分が大嫌いだったけど、貴族として生まれたからには、こんな時に命をかけて戦わないでどうするというのか。

三大貴族筆頭であるローズ家の長女として、私は全ての苦痛を受け入れて、もう一度立ち上がる。

「アメリアちゃん」

「キャロル先生……」

「無理をさせちゃうのは分かるけど、まだ使える？」

その言葉だけで真意は分かった。

つまり、この先の戦いの中で因果律蝶々（バタフライエフェクト）でみんなを守ることは可能か、ということだ。

もちろん私は即答する。

だいぶ魔物の数は減ってきたけど、まだ完全に掃討できたわけではない。

「はい。できます」

「……そっか。アメリアちゃん、本当に無理になったらその時は私たちがどうにかするから」

「ありがとうございます」

そして、私の元にアリアーヌがやって来る。

「アメリア。やりますわよ」

「ええ。アリアーヌ、攻撃はあなたに任せたわ。防御は考えなくていいから」
「その言葉、とても頼りになりますわ」
アリアーヌはその魔術の性質から、最前線で戦うことになる。
その後ろ姿を私は見送る。
深呼吸。
きっとレイと出会わなかったら、こんな風に立ち向かうことはできなかっただろう。
彼はいつだって、私に勇気をくれる。
ぎゅっと手を握る。
大丈夫、と自分に言い聞かせる。
みんなを守るために私は戦う。レイだって今この時も、戦っているのだから。
でも、そうだな。
これが終われば、私はレイに伝えようと思っている。
秘めている、自分のこの想(おも)いを——。

◇

「ライナス様に倣って、私も自己紹介を。メイドのエマ。それ以上でもそれ以下でもなく、ただの一介のメイドです。以後、お見知り置きを」

「……」

メイド服のスカートを軽く上げて、恭しく頭を下げてくる。

俺に対して向けているのは、悪意などではない。

ただどこまでも無感情に見つめてくる。

その瞳には何の意志も宿っていないように思えた。

「それでは、いきます」

エマが上段に構えを取った瞬間、爆音が室内に響き渡った。

それは爆裂系の魔術を使ったわけではなく、あまりにも勢いよく踏み込んだからこそその炸裂音だった。

眼前。

彼女の拳を何とか避けつつ、氷剣を振るうが、すぐに避けられてしまう。

この速度は以前戦った暴食と同等か、それ以上……と感じている。

いや、ここまで身体強化に特化した人間は見たことがない。

「まだこれは最高速ではありませんよ」

俺の内心を読んだかのような発言だった。

流石に余力を残している暇はないな。

この戦いに適応するために、俺は必要な魔術を発動する。

「――絶対不可侵領域（アンチマテリアルフィールド）」

発動したのは絶対不可侵領域（アンチマテリアルフィールド）であり、これは還元領域と知覚領域の二重領域の魔術となっている。

近接戦闘に特化した魔術であり、今回の戦闘においては最適な魔術と言えるだろう。

知覚領域は半径五十メートルまで拡張することができるが、今回は超近接距離（クロスレンジ）の戦闘になるため、半径五メートル程度に留（とど）めておく。

残りのリソースは還元領域に回す。

絶対不可侵領域（アンチマテリアルフィールド）は二重領域の配分も細かく配分できるのが強みである。

エマはどうやら魔術ではなく、魔法を介して身体強化を発動しているが、それでも還元することは不可能ではない。

おそらく全てを無効化することはできないが、それなりに威力を抑え込むことはできるだろう。

「予想通りですね。いいでしょう。真正面から打ち破って差し上げます」

俺は氷剣を通常よりも短くして展開。

これほどのスピード感ならば、短剣に近い方がいいだろう。

氷剣を短くすることで、手数を増やしていく。

刹那。

先ほどと同様にエマの姿が消えるが、知覚領域によって捉えている。

後方から俺の心臓部に手刀を叩き込もうとするが、それを氷剣で受け止める。

知覚領域だけではなく、還元領域に入ってきたので自動的にエマの発動している魔法が還元されていく。

第一質料（プリママテリア）ではなく第零質料（アカシックマテリア）に還元されることで、真っ黒な粒子が周囲に溢れ出す。

俺はエマの動きを完全に捉えていた。加えて、還元領域によって魔法はある程度無効化されているので、先ほどよりも動きは速くない。

そして俺はついに、氷剣で彼女の腕を切り裂いた。

このまま連撃を続けたい、と思ったがエマは距離を取った。

「流石に簡単にはやらせてくれない、ということですか」

決して傷は深くはない。

だが、その傷はこの戦いにおいては致命的である。

この先、どんな戦いになるのかは、相手もまた理解しているだろう。

俺は氷剣を突きつける。

「勝敗は決した。大人しく投降してほしい」

「……いいえ。まだ終わっていませんよ。あなたのその絶対不可侵領域（アンチマテリアルフィールド）は確かに私との相性は悪いです。しかし、圧倒的な質料を用いたならば——どうでしょう？」

「まさか——」

脳裏に過(よぎ)るある可能性が、目の前で顕現する。

「ダークトライアドシステム、アクティベート」


溢れ出る漆黒の奔流(ほんりゅう)。

今まで見てきたものとは異なり、彼女の姿は異形に変化してはいなかった。

真っ黒な髪は白に染まり、その瞳は金色に染まりきっていた。

まるで——俺が能力を発動している時の姿そのものだった。

「魔術領域暴走(オーバーヒート)を人為的に引き起こす。それがダークトライアドシステムですが、コントロールすることは不可能ではない。そして、人間の暗黒面を支配下に置いたとき辿り着くのは、あなたと同じ領域です」

「完全にその力を制御できていると？」

俺は尋ねる。

俺は極東戦役の最終戦でその局地にたどり着いた。

しかしそれは、諸刃(もろは)の剣である。

何の代償もなしに獲得できる力ではないことは、誰よりも知っていた。

「いいえ。現代においてこの力を完全に制御できるのは、あなたとライナス様くらいでしょう」

そんな言葉を口にするエマから、さらに第零質料（アカシックマテリア）が溢れ出してくる。

これだけの質量――おおよそ、人間の耐え得るものではない。

自壊が始まっている。

皮膚は裂け始め、微（かす）かに血が流れ始めている。

「レイ＝ホワイト。あなたの本気を少しでも引き出すためには、私も命をかけないといけないのです。私の命の使い道は、今この場所なのです」

ドンッ!!　と先ほどと同じ炸裂音が響いたが、俺は絶対不可侵領域（アンチマテリアルフィールド）を展開している。

相手の位置は手に取るように把握できているが、どうやら俺の還元領域は機能していない。

厳密に言えば、相手の第零質料（アカシックマテリア）を還元しきれていないという方が正しいが。

「これでイーブンですよ」

彼女の言葉の通りイーブンな状況にはなったが、俺が後手に回ったというわけではない。

絶対不可侵領域（アンチマテリアルフィールド）で対応できないのならば、次の手で対応するまでだ。

「赫氷封印（パンドラ）」

ノータイムで赫氷封印（パンドラ）を生成する。

エマは自身の体を第零質料（アカシックマテリア）で覆っていることもあり、氷剣であっても致命傷を負わせることはできない。

ならば、それを切り裂く赫氷封印（パンドラ）を使えばいい。

コード理論での構築は必要なく、全てがイメージする通りに具現化していく。

これこそが魔法という異能の力。

かつてほぼ全ての人間が享受できた、異能の到達点なのだ。

エマにもうできることはない。俺は躊躇（ちゅうちょ）なく彼女に氷剣を振りかざすが、予想しない攻撃が彼女から放たれた。

「流石に直撃はしなかったようですね」

「可能性として考えていなかったわけではない」

「流石は氷剣、とでも言っておきましょうか」

エマは身体強化に特化した魔法を主に使用している。

その中でもメインにしているのは加速である。

つまりその加速を自分自身だけではなく、分子にも作用させることができるのならば、炎系統の魔法が来るのは予想できる話だ。

この辺りのは攻撃は、アビーさんも同様の魔術を使うことを知っていたからこそ、容易に想像できたのもある。

「加速と減速。どちらがより優れているのか、決着をつけましょう」

そこから先、余計な話は必要なかった。

エマは身体に真っ黒な炎を纏っている。俺は赫氷封印（パンドラ）でそれを攻撃するが、完全に消し去ることはできない。

かなりの質量を持っている、ということか。

ならば――。

「減速（ディセラレーション）」

エマの発動する漆黒の炎は徐々に威力を低下させていく。加えて俺は、その対象を炎以外にも及ぶように選択していた。

エマはそれでも果敢に攻めてくる。

ぶつかり合う氷剣と漆黒の炎。

状況としては俺の方が有利だと思うが、彼女の目は死んでいない。

決して自棄（やけ）になっているわけではなく、虎視眈々（こしたんたん）と何かを狙っているのを俺はなんとなく察していた。

瞬間。

エマは俺の眼前から消え去る。

魔法によって転移をしたわけではなく、姿勢を極端に低くしたためである。

「これは流石に、あなたも打ち消すことはできないでしょう!!」

収束していく輝きは、炎ではなく眩（まばゆ）い稲光のような輝きだった。

あぁ。そう来ると思っていたさ。

「──黒雷衝撃波(プラズマインパクト)!!」

彼女は加速を使用することでプラズマを生成。それを圧縮して、俺の頭部へと目がけて発射してくる。

しかし──その攻撃は掻(か)き消(き)えていく。

「ど、どうして⁉」

「俺が減速(ディセラレーション)対象にしていたのは、あなたが纏っている炎だけではない。加速させているもの全てを対象としていたのだから」

そう。俺は減速(ディセラレーション)を発動していたが、その対象範囲は加速するという現象全てにまで及んでいたのだ。

俺は敢(あ)えて減速(ディセラレーション)の威力をある程度まで抑え込んでいた。エマが切り札を使ってくる、その時まで。

「そんなことまで、可能だなんて……」

流石に意気消沈するエマだが、彼女はまだ諦めていないようだった。

「はあああああああ!!」

エマも懸命に俺に攻撃を仕掛けてくるが、もう彼女の力では俺に届く事は決してない。

「座標固定(フレームロック)」

先ほどの魔法でほぼ力を使い切ってしまった彼女に、為(な)す術(すべ)はない。

「……ぐっ！」

エマの体を固定。さらに、そこから赫氷封印(パンドラ)で氷千剣戟(アイシクルブレイズ)を生み出す。

だが俺は、氷剣で攻撃を仕掛ける事はなかった。

「私はまだ、戦える。ライナス様にもらった命を、ここで使い果たす……！」

エマは無理やり座標固定(フレームロック)を突破すると、彼女は俺の顔面に拳を叩き込もうとしてくる。

俺はその様子を淡々と見つめる。

俺に何か策があるわけではない。

だって、もう戦いは終わっているのだから。

「あ、え……」

バタッとまるで何かの糸が切れたかのように、彼女はその場に倒れ込んでしまう。

「ごほっ……なるほど。どうやら、ここまででしたか」

「……」

俺はそっと彼女に近寄る。

「世界最強の力の片鱗(へんりん)。それを引き出すことができただけでも、良しとしましょうか」

とても満足そうな顔をしていた。

出会った時も、この戦いの時も、ほとんど感情を見せなかったエマだが、とても満たされた様子だった。

仰向けになって彼女は咳(せ)き込(こ)むと、血の塊を吐き出す。

あれだけの力を使ったんだ。もうその命は、燃え尽きようとしていた。

俺はゆっくりと彼女に近づくと、あることを尋ねる。

「どうして、そんなになってまで戦うんだ。それだけの価値が、ライナス＝ローゼンクロイツにあると？」

俺の問いかけに、ふっとエマは笑みをこぼす。

「あなたは理解していない。あなたたちが悪と断じるものは、本質ではない。これは正義と正義のぶつかり合いなのです。私は孤児だったけれど、彼によって救われた」

俺は黙って、彼女の今際の際の話に耳を傾ける。

「人を殺し、数多くの非人道的な実験にも付き合ってきた。もちろん、私自身も彼の実験の対象だった。しかし、決して不幸などではなかった。あのまま孤児だった自分よりも、私は今の自分の方が幸福を感じています」

「だから、命を賭して戦ったと？」

「はい。どうせ潰えていた命なのです。それを有効活用するライナス様の合理的な考えをあなたは否定できますか？」

「いや、よく……よく分かった」

彼女に偽善と断じられた理由が少し分かった。

善と悪は確かに片側からの視点でしかないのだと思う。

ライナスにも彼の正義があり、エマも自分の正義を信じて戦っている。

今まで優生機関の刺客と戦ってきたが、誰もが自分の信じるもののために戦っていた。

だからこの戦いはきっと、正義の押し付け合いに過ぎない。

自分の行いに高尚な意義などはなく、ただ世界を優先するか、人々を優先するのか。

その違いしかないんだ。

「俺はライナス＝ローゼンクロイツの世界を否定する」

「ええ。そういう戦いなのですから。あなたは同情などする必要はないのですが、ふふ。やっぱり、優しいのですね」

一時間にも満たない邂逅だった。

それでも人の命がこうして散っていくのを見るのは、どうしても思うところがある。

極東戦役で見慣れてしまったと思ったが、決してこの感覚に慣れる事はないだろう。

「あなたが望む世界、実現するといいですね」

それが最期の言葉だった。

エマはゆっくりと目を閉じた。俺はその様子を、ただ見ていることしかできなかった。

いや、ただ見るだけでよかったと思う。

余計な同情や言葉など、彼女は求めていなかったのだから。

「あぁ。一応回収だけでもしようと思ったが、ちょうどいいタイミングだったようだ」

聞き覚えのある声が聞こえてきた。

そして気がつけば、ライナス＝ローゼンクロイツはすでに息を引き取ったエマを抱えていた。

俺は流石に臨戦態勢に入らざるを得なかった。

「兄の元に向かったが、そこに彼はいなかった。時間稼ぎだったんだろう。全く、私の意図が読まれているようで非常に不快だよ」

辟易しているのか、ライナスの声色には少しだけ怒りが含まれていた。

「……彼女のこと。何も思わないのか？」

ライナスはエマを抱えているが、特に興味を示している素振りはない。

「あぁ。よくやったよ。おかげで、君も魔法による戦い方を思い出しただろう？」

「それだけか」

「残念ながら、私に情はないよ。彼女は使えそうだから拾った孤児に過ぎない。元々、どうしようもない命を有効活用したんだ。素晴らしいだろう？　ま、まだ使い道がありそうだから、回収だけはするがね」

怒りのあまり、声すら出てこなかった。

人間は彼にとって道具に過ぎないのだ。

しかし、そのことについてライナスと問答をしようとは思わない。

根本的な部分から、彼は普通の人間とは異なっている。それを正そうとするのは、絶対に不可能だろう。

「今回は前座さ。全ての力は、満ちつつある。その力の奔流は捻れ、収束し、真理世界への扉が開かれる。ただ私もまだ万全ではなく、君も同じだろう？　ならば来るべき時、互いの全力を以て世界の命運を決めるとしようじゃないか」

ライナスはそう言って、姿を消していった。

俺もすでにかなりの力を消費してしまったし、追いかけるだけの余力も残っていなかった。

「はぁ……はぁ……」

俺はふと自分の手を見つめる。

これは互いに正義の押し付け合いだ。

悪意、善意など余計なことを考える必要はなく、どちらが勝利するのか。

そういう戦いだ。

俺はみんなを守るために戦う。

みんなを守るためならば俺は——ライナスを屠ることに躊躇はしない。

改めてそう誓う。

こうして今回の襲撃は、幕を閉じた——。

# エピローグ　彼女の想い

俺は主にエマの相手をしていたが、キャロルたちは魔物を全て撃退し、貴族たちにも大きな被害が出る事はなかった。

そして現在は、キャロルが入院している病院にやって来ていた。

俺、師匠、アビーさん、カーラさんが集まっている。

「そうか。そんなことになっていたとは……」

キャロルは師匠、アビーさんに今回の件を伝える。

「優生機関（ユーゼニクス）もなりふり構っていられないということか？」

「だろうな。これだけ大きな動き、次に仕掛けてくる時が相手の本気ということだろう」

師匠とアビーさんは冷静に分析する。

俺はライナス＝ローゼンクロイツ、フリージア＝ローゼンクロイツの件をすでにこの場で伝えている。

「レイの話を聞くに、こちらから仕掛けたいが……優生機関（ユーゼニクス）の本拠地がどこなのか。それを知らないと始まらないな」

「あぁ。その件だが」

アビーさんが口を開く。

「予想通りだ。エイウェル帝国。優生機関(ユーゼニクス)の本拠地はそこにあるとみて間違いない。さまざまな不透明な動きを追ってみたが、全てそこに帰着する」

「そうか……結局、まだあの戦いは終わっていなかったということか」

極東戦役は真の意味で終わってはいない。

俺たちは、本当の意味であの戦いを終わらせないといけない。

「だが、エイウェル帝国も一枚岩ではない。それ相応の準備は必要となってくるだろう」

「あぁ。そうだな」

「その辺りは会長などとも話をつけよう」

「任せた、アビー」

話はとりあえず、そこでまとまることになった。

「それで、キャロル。それで——レイとの旅行で、何もなかったんだろうな？」

打って変わって、話は今回の俺とキャロルの旅行の件になる。

「う〜ん。どうだろうな〜？　キャロキャロ、レイちゃんと同じベッドで寝たしなぁ〜」

「はぁ……っ⁉　レイがそんなことを許すわけがないだろう！」

と、師匠は激しい顔つきで俺に視線を向ける。

「……すみません。師匠」

「は、はああああああああ⁉」

病室内に師匠の絶叫が響き渡る。

「ふふ。リディアちゃんてば、本当に可愛いねぇ～」

「お、おい！　一体、何があったんだ！　詳細に話せっ!!」

◇

「レイ」

「アメリア」

学院の屋上に俺は呼び出されていた。

夏休みも終わり、学院が始まったが、俺はアビーさんが立案した作戦に参加するつもりである。

近いうちに優生機関と決着をつけるために、俺はエイウェル帝国に赴く。

学院もしばらく休まないといけなくなるな。

そんな俺の様子を察したのか、アメリアは俺のことを呼び出したのだが、その真意は分からない。

「レイ。最近、ちょっと元気ないね」

「そうか？」

「うん。分かるよ。だって、ずっと一緒にいるんだから」

「そうだな……そうかもしれないな」

いつも通り振る舞っているつもりだったが、アメリアに隠し事はできないということか。

「レイ。こんな時に……いや、今だから言わないといけないことがあるの」

「？　何だろうか」

心当たりは特になかった。

「私は――レイのことが好き。だから私と婚約して欲しいの」

アメリアは真剣な眼差し（まなざ）しで俺のことを見つめている。

そこに嘘（うそ）や欺瞞（ぎまん）などは存在しない。

ただただ心から、自分の想いを吐露したように思える。

アメリアの潤んでいる瞳を見て――。

そして、俺は意を決して口を開く。

あとがき

初めましての方は、初めまして。続けてお買い上げいただいている方は、お久しぶりです。作者の御子柴奈々です。星の数ほどある作品の中から、本作を購入していただき、ありがとうございます。

まずは謝罪からさせてください。この度は刊行が大変遅れてしまい、申し訳ありませんでしたあああ！　言い訳になりますが、いろいろと諸事情が重なり、まさか約一年も空くことになりました……。それだけ期間が空いたにもかかわらず、今巻を購入していただき、本当にありがとうございます！

さて、ここから先はネタバレになりますので、ご注意ください！

魔法と魔術、世界の成り立ちなど、今巻では歴史を明かしつつ、大きく物語が動いていくことになりました。

最後までお読みいただいた方はなんとなく察しているかもしれませんが、物語は終盤に差し掛かっております。

内容としては、本編は次巻で一区切りの予定になります。

ただ、本編終了後ももう少しだけ続きますので、お付き合いいただければ幸いです。

氷剣をウェブで連載を始めて、四年以上が経過し、コミカライズやアニメ化までさせていただきました。読者の皆様をはじめ、関係者の方々など、本当にたくさんの方のおかげで本作を続けることができました。

改めて、ありがとうございます。

レイの戦いも次巻で一区切りの予定になります。

戦争を戦い抜き、自分の居場所を見つけ、迫る危機に対してどう立ち向かっていくのか。

彼の戦いを最後まで見守っていただければ幸いです。

振り返ると、ここまで物語が続くなんて夢にも思っておらず、改めて遠くまで来たなぁと感じます。自分もまさか四年にもなるなんて、思ってなかったです（笑）。

ただ物語の序盤はスラスラと執筆できていましたが、後半になるにつれて物語を描く大変さというものに直面しました。この巻が遅れた原因の一つでもありますね……。楽しいこと、辛いことなど色々とありましたが、本当に氷剣という作品のおかげで大きく成長できたかなと。最終巻のような感じが出ていますが、まだもう少し続きますので、最後まで本作をよろしくお願いします！

謝辞になります。

梱枝（こりえ）りこ先生、いつも素晴らしいイラストをありがとうございます！　今回もとても可愛いイラストばかりでした！

編集の庄司（しょうじ）さんには、今回も大変お世話になりました。時間がかかりましたが、今後も引き続きよろしくお願いします！

その他、多くの方のご協力があってこの八巻も出版することができました。皆様、本当にありがとうございます。

それでは、また次巻でお会いいたしましょう。

二〇二三年　十月　御子柴奈々

8巻お買上げいただきありがとうございます
キャロルの
初々しい
ギャップに
キュンと
きました
あとがき

講談社ラノベ文庫

# 氷剣の魔術師が世界を統べる8
## 世界最強の魔術師である少年は、魔術学院に入学する

御子柴奈々

2023年11月29日第1刷発行

| | |
|---|---|
| 発行者 | 森田浩章 |
| 発行所 | 株式会社　講談社<br>〒112-8001 東京都文京区音羽2-12-21 |
| 電話 | 出版　(03)5395-3715<br>販売　(03)5395-3605<br>業務　(03)5395-3603 |
| デザイン | ムシカゴグラフィクス |
| 本文データ制作 | 講談社デジタル製作 |
| 印刷所 | 株式会社ＫＰＳプロダクツ |
| 製本所 | 株式会社フォーネット社 |

KODANSHA

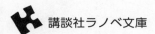

ISBN978-4-06-534087-5　N.D.C.913　247p　15㎝
定価はカバーに表示してあります